CIMBALLI

Duel à Dallas

DU MÊME AUTEUR

Money (Denoël)
Cash (Denoël), *Prix du Livre de l'été 1981.*
Fortune (Denoël)
Le Roi Vert (Edition° 1/Stock)
Popov (Edition° 1/Olivier Orban)

Paul-Loup Sulitzer

CIMBALLI
Duel à Dallas

Edition°1

Une version abrégée de cette histoire a déjà paru dans *France-Soir.*

A ma fille Olivia,

à mes amis Karen et Patrick Didermann,

à Milly,

et à tous ceux dont l'humour est l'arme contre l'adversité, la dictature et l'intolérance.

La grande aventure c'est la vie des financiers partis de rien, les Marco-Polos du XXe siècle pour qui l'argent n'est qu'un jeu et dont le seul talent est de savoir gagner, de risquer, de reculer les limites de l'impossible, de faire de leurs rêves une réalité, de traverser avec humour la vie comme une bande dessinée... Tel est Franz Cimballi.

P. L. SULITZER.

1

Le duel le plus fou qui soit...

Prologue

Trois pièces, c'est l'appartement tout entier. Il est situé à la frange des quartiers pauvres de Dallas, où s'entassent les Noirs et les Chicanos, Américains hispanophones à l'ascendance mexicaine récente, pour ceux qui ont franchi clandestinement la frontière. L'immeuble lui-même nous a paru décrépit, comme abandonné ; il dresse sa façade grise à l'extrémité d'une rue aux trottoirs défoncés, parsemés d'herbe jaune, de tas d'ordures, d'épaves de voitures volées et dépouillées de tout ce qui peut être revendu. Çà et là, de petits groupes de jeunes hommes aux visages froids, hostiles, tout disposés à brandir un couteau ou un rasoir. Je ne serais jamais venu seul ici.

Je n'y suis pas seul : quatre des hommes de l'Anglais m'encadrent, plus l'Anglais lui-même.

— Par ici, monsieur Cimballi.

Nous sommes entrés dans l'immeuble. J'ai remarqué plusieurs fenêtres aux vitres brisées, remplacées par du carton ou des panneaux de bois.

— Et ils habiteraient ce taudis ?

L'Anglais acquiesce. Un autre de ses hommes nous attendait à l'intérieur. L'ascenseur ne fonctionne pas, il est en panne depuis des lunes, balafré comme les murs voisins d'inscriptions rageuses en anglais et en espagnol. Dans l'escalier jonché d'immondices flotte une odeur de *frijoles*, de graisse cuite et de marijuana.

— Au quatrième et dernier étage.

Un sixième homme nous y attendait ; il a ouvert avec de fausses clés la porte aux multiples serrures de l'appartement, puis il a disparu comme une ombre, allant rejoindre le reste de l'équipe qui assure notre protection.

L'Anglais et moi sommes entrés seuls.

Nous sommes au domicile personnel des Corbeaux, dans leur nid, leur repaire, leur bauge.

... Et la puanteur y dresse, sitôt le seuil franchi, comme un mur invisible. C'en est suffocant, on n'a pas aéré ici depuis des années. A ces répugnants remugles en suspension s'ajoutent de durs relents de choses pourrissantes ou moisies.

La saleté est indescriptible, mais que dire du capharnaüm qui règne dans chacune des trois pièces ? Ce sont de prodigieux entassements qui montent jusqu'au plafond en un fouillis inextricable : serviettes, draps, couvertures et peignoirs volés à des hôtels, taies d'oreillers et porte-manteaux emportés de même ; sans compter les cendriers, les couverts de restaurant, voire des plats qu'on n'a même pas pris la peine de laver ; et des récepteurs téléphoniques, des machines à écrire par dizaines, des chaises de jardin, des roues de voiture, des téléviseurs et des magnétoscopes, des transistors et des lecteurs de cassettes... Un inventaire prendrait des semaines — et exigerait des gants. Quelqu'un m'a dit : « Les Corbeaux ne sont pas seulement laids, sales et extraordinairement méchants ; ils sont également d'une avarice paranoïaque... » J'ajouterais : « Ils sont aussi voleurs, à la façon des pies, qui raflent tout jusqu'à l'inutile. » Bon sang, dans ce butin incroyablement amassé, je distingue même de vieux annuaires téléphoniques, des boutons de porte... et des cigares à demi fumés, dans un sac de plastique transparent !

Je demande à l'Anglais :

— Et ils vivent vraiment dans cette ordure ?

— Oui ; quand une mission pour l'un de leurs employeurs ne les tient pas à l'autre bout du monde. La petite salle de bains elle-même est quasi condamnée, la baignoire ensevelie sous les produits de la rapine.

— Ils ont pourtant de l'argent ?

— Ils en ont, monsieur. Aucun doute. Notre enquête prouve qu'ils possèdent pour le moins dans les dix millions de dollars. On paie très très cher leurs services. Et ils savent investir...

Pour parvenir aux deux lits, nous devons ouvrir une véritable tranchée entre les amoncellements. Nous atteignons le tréfonds de la tanière des Corbeaux, déplaçant avec nous un air pestilentiel, gluant. Nous n'avons pas réussi à découvrir les interrupteurs, les fenêtres sur la rue sont obturées par des volets d'acier. Notre seule lumière est celle de la torche électrique que tient l'Anglais. Je le regarde faire.

De ses mains gantées, il est parvenu à mettre à nu une portion de mur, au prix d'éboulements à soulever le cœur.

Il retire d'une de ses poches la photo qu'il a apportée et la fixe à ce mur par une punaise.

Il appose de même la note dactylographiée, mais c'est la photographie que je continue à fixer, fasciné jusqu'au malaise. Elle représente les Corbeaux au cours d'une de leurs « missions », quelque part dans un petit pays d'Amérique centrale. Evidemment vêtus de noir, impassibles et plus inquiétants que jamais, ils contemplent des militaires casqués en train d'exécuter de balles dans la nuque des hommes, des femmes et deux enfants...

— Fini ?

— Oui, monsieur, dit l'Anglais.

Je me détourne :

— Alors, foutons le camp d'ici, pour l'amour du Ciel ! Je suis malade !

Dans la réalité, cette scène a pris place plus tard. Chronologiquement, elle a été l'une des dernières ; même si aujourd'hui encore je ne réussis pas à l'effacer de ma mémoire, elle n'en a pas moins fait partie intégrante de la conclusion.

... Et donc, avant elle, il y a eu toute l'affaire, échevelée, parfois sinistre, mais le plus souvent hilarante (c'est après qu'on en rit), de Patti Hall et d'Heckl et Jaeckel, ses Corbeaux.

Tout ayant, bien sûr, commencé à Dallas, Texas.

1

Paul Hazzard est ce Texan de San Antonio avec qui j'ai déjà fait deux affaires de recherche pétrolière, notamment en Oklahoma. Je l'ai connu à Nassau, Bahamas ; nous sommes amis. Il mesure deux mètres cinq et en général — sauf quand il est à quatre pattes, ce qui lui arrive rarement — je m'adresse pour lui parler au quatrième bouton de sa chemise en partant du col. Autrement, du fait de notre extravagante différence de taille, je finirais par attraper un torticolis, à force de renverser la tête en arrière pour le dévisager.

Il me demande si j'ai fait bon voyage, me demande aussi d'où j'arrive et je réponds : « Tout droit de Saint-Tropez, par Paris et New York. » Nous sortons de l'aéroport. Il fait à l'extérieur une chaleur de four, à asphyxier un Yéménite. Nous montons dans sa voiture climatisée et prenons la direction de Dallas.

On est le 1er juillet, il est treize heures trente, heure locale. Paul Hazzard dit :

— Ce serait bien si tu restais deux ou trois jours. Nous irions coucher à la maison, chez moi à San Antonio. J'ai encore mon avion personnel, après tout ; je ne suis pas tout à fait à la rue...

Non. Je secoue la tête. Plus tôt je regagnerai Saint-

Tropez et ma chère plage de Pampelonne, mieux cela vaudra :

— Désolé, Paul. Je repars ce soir même. Je passe quelques heures et la nuit en Arizona, ensuite je fais un saut à San Francisco pour voir Li et Liu, puis je rentre chez moi par le premier avion, sitôt que j'en ai fini avec mes Chinetoques Toqués.

Mon passage en Arizona n'a pas d'autre but que la revente de ma propriété de Mesa Verde, pour laquelle on m'a fait une offre intéressante. Quant à Li et Liu, mes deux amis sino-américains, j'ai à régler avec eux les derniers détails d'une nouvelle entreprise que nous devons lancer ensemble. En somme, c'est un voyage de routine, que je n'aurais peut-être même pas fait à cette époque de l'année, si Paul Hazzard n'avait pas insisté. Il m'a appelé en Europe voici à peu près quinze jours, pour me proposer une affaire de part à deux. Et j'ai bien compris qu'il comptait sur ce projet commun pour rattraper les pertes qu'il a subies en matière de recherche pétrolière. Pourquoi pas ? C'est un ami et il n'est pas homme à me faire déplacer pour rien.

— C'est quoi, ce terrain ?

— Il vaut le coup, Franz. A dix minutes de Bryan Street, en vue directe de la Southland Tower et de l'immeuble de la First National. J'ai pris une option mais elle tombe demain soir. Tu arrives à temps.

— C'est construit ?

— Un vieux machin qu'on fera dégringoler. A la place, on peut construire trente ou quarante étages...

— De bureaux ?

Nous dépassons le campus de l'université. Droit devant, les soixante-deux niveaux de la Dallas Tower.

— De bureaux ou d'autre chose, dit Paul. Plus un restaurant ou deux, et des tas de machins. Et pas de problème pour le permis de construire, dit-il encore. J'ai le feu vert de tous les grands messieurs de Dallas.

Je remarque : « Dis donc, c'est une affaire de plusieurs dizaines de millions de dollars !

— Quarante ou cinquante. Je l'aurais bien faite tout seul, mais...

... Mais il n'a pas pu trouver le crédit nécessaire. Les banques ne le suivent pas, m'explique-t-il. « Nom de Dieu, Franz, ces derniers mois, j'ai fait des millions de trous partout et tout ce que j'ai remonté de pétrole ne suffirait pas à alimenter un briquet ! Les banquiers me haïssent et si je ne me remets pas sur un gros coup... »

Il se gare aux abords d'Old City Park. Nous marchons. Je commence à me remettre du décalage horaire. Pour moi, heure du méridien de Saint-Tropez, il est trois heures du matin ; j'ai voyagé dix-neuf heures d'affilée. « Ici. » Il me désigne un bâtiment vétuste, en briques, de sept ou huit étages, hérissé de vieilles échelles à incendie. Nous en faisons le tour, nous rencontrons des architectes, des hommes du bâtiment, un représentant de la municipalité. Les heures passent. Paul : « Ça te plaît ? »

Pas terrible.

Paul rit : « L'enthousiasme, hein ? Allons, on va fêter ça. J'ai retenu une table et, en plus, deux filles superbes — des texanes — viendront se joindre à nous... »

On approche de sept heures du soir. Nous finissons par entrer dans le restaurant panoramique au quarante et unième étage de la tour. Paul m'abandonne quelques instants, accroché au passage par des relations d'affaires. J'ai le choix entre prendre place au bar et gagner directement la table réservée. Je choisis la table.

Je m'assois et commande du champagne français. Moins de deux minutes plus tard, le maître d'hôtel est de retour. Sans la bouteille, mais avec la tête d'un capitaine venant annoncer que le bateau est en train de couler.

— Tout à fait désolé, Monsieur, il y a eu une erreur, cette table était déjà retenue.

Je lui adresse un de ces sourires charmeurs dont j'ai le secret :

— Oui, je sais. Par M. Hazzard et moi.

Il secoue la tête, visiblement submergé par le désespoir :

— Hélas non. Par Madame.

Et il me confirme la nouvelle : il est officiellement désolé, mais il n'y a plus d'autre table disponible.

Je relève alors les yeux et je la vois. Elle est à dix mètres, hautaine, impériale, me foudroyant de ses yeux violets. D'une invraisemblable arrogance. D'un coup elle s'ébranle et vient se planter devant moi :

— Quittez immédiatement cette table !

Je place sur ma lèvre inférieure mon index et mon majeur. Je les agite séparément et ça fait « beuleu-beuleu-beuleu ». Elle avance un peu plus, se saisit de la vasque emplie de fleurs et m'en coiffe. Je suis trempé. Elle dispose artistiquement les giroflées sur mon crâne, recule d'un pas :

— Et maintenant, du vent !

Un temps. J'aurais frappé un homme, si grand qu'il pût être. Mais une femme ? Je me lève, très digne — en réalité pas mal en rage. Je repousse les deux maîtres d'hôtel affolés, je gagne les bureaux de la direction, je me retrouve face au directeur de l'établissement. Je fais un chèque de vingt mille dollars.

— Je vous loue votre salle pour la soirée. Pour moi seul, plus un ami et deux Texanes splendides. Evacuation générale. Racontez n'importe quoi à vos clients : les peintures à refaire ou une invasion imminente de cachalots.

Il dit non. Trente mille ? Non. Quarante mille ? Il vacille. « D'accord, dis-je, cinquante et n'en parlons plus. » Sept minutes plus tard, je suis de nouveau installé à ma table, dégustant le champagne. On a évacué la salle sous prétexte d'un incendie, et la fille aux yeux violets est partie la première, sur un ultime regard qui m'a presque carbonisé. Paul Hazzard surgit, ahuri : « Qu'est-ce qui se passe ? Tu as pris une douche ? » Je réponds : « Toujours, avant de passer à table. Assieds-toi. » La fureur me fait encore un peu trembler. Paul m'annonce l'arrivée prochaine des deux Texanes. Nous avons le temps de vider une flûte, mais pas deux. Voici qu'apparaît une véritable délégation. A sa tête, le directeur du restaurant, flanqué de quatre hommes un peu moins larges que des autobus :

— *Terribly sorry, mister Cimballi.* Permettez-moi de vous restituer votre chèque.

Il le pose sur la table. Je dis :

— Si je comprends bien, quelqu'un a loué plus cher que moi ?

— Pas loué, dit-il. Acheté. Nous venons à l'instant de changer de propriétaire.

C'est à n'y pas croire ! Cette excitée aux yeux d'améthyste vient de racheter les trois derniers étages de la tour où nous sommes — et donc le restaurant — pour je ne sais trop combien de millions de dollars ! A seule fin de me flanquer dehors !

C'est incroyable, mais c'est la vérité vraie, et c'est exactement ainsi qu'a débuté mon ubuesque combat contre Patti Hall.

De Dallas, Texas.

Paul Hazzard me considère avec commisération :

— Hall, dit-il. HALL. H.A.L.L. Ça ne te dit donc rien ?

— Il y a un super-super-super milliardaire texan qui s'appelle comme ça.

Il hoche la tête :

— Qui s'appelait, Franz. Il est mort il y a cinq mois, d'une crise cardiaque. Et il avait un frère qui est aujourd'hui décédé, dans un accident d'avion. Et les deux frères Hall avaient une sœur...

— Qui a succombé lors d'une épizootie de fièvre aphteuse.

— Elle vit toujours. C'est la maman de Patti et elle n'a qu'une héritière. Si bien qu'elles disposent, Patti et elle — mais c'est Patti le chef de famille — d'à peu près six milliards de dollars. Tout l'argent des Hall. Franz, on a diffusé en France ce feuilleton télévisé qui s'appelle *Dallas ?* Oui ? Oublie Jock et J.R., les Hall n'en voudraient pas comme gardiens de parking. Dallas, ce sont les Hall, mille fois plus que les Ewing qui, par comparaison, ne sont que de petits boutiquiers.

Six milliards de dollars font, au bas mot et pour un dollar américain qui à cette époque valait dans les six francs, aux alentours de *trois mille cinq cent milliards de centimes !*

J'en ai des vertiges. Nous avons, bien entendu, Paul et moi, et les divines Texanes, changé de restaurant. Ma colère est tombée. En lieu et place, de l'ébahissement, dont je commence à me remettre, et peut-être aussi de l'amusement. Je remarque :

— En tout cas, cette garce est fichtrement jolie.

— Ne t'y fie pas, Franz. Elle a déjà été mariée deux fois et ses deux maris ont dû être hospitalisés pour dépression nerveuse ; elle les avait rendus complètement fous. Elle a toujours été ainsi, depuis que je la connais...

Mais oui, bien sûr, il la connaît ! Il ne connaît qu'elle. Il a vingt-huit ans et elle vingt-sept : « Mon père et le sien se connaissaient très bien, nos grands-pères ont travaillé ensemble, dans le pétrole. La première fois que j'ai vu Patti, elle avait quatre ans et m'a fendu le crâne avec une batte de base-ball. Depuis, je l'évite comme un crotale. Fais-en autant, si tu veux mon avis... »

Mon avion pour Phoenix (Arizona) est à minuit. Normalement, j'aurais dû prendre plaisir à la soirée : j'aime bien Paul, et la Texane qu'il m'avait choisie était effectivement magnifique. Mais au fil des minutes, crescendo, l'idée s'est fait jour en moi ; irrésistible, tournant bientôt à l'obsession. J'en suis à rire bêtement, dans le vide, l'œil égaré, enchanté par mon propre humour. Vers neuf heures, je n'y tiens plus. Je quitte la table et je vais passer quelques coups de téléphone. Trente minutes plus tard, j'ai tout mis en place et la direction du *Brennan's* s'est mise en quatre pour m'aider, si farfelues que mes demandes aient pu paraître.

... En venant reprendre mon dîner, je me pourlèche littéralement les babines, en imaginant la tête que fera Patti Hall, demain 2 juillet à l'aube... quand elle recevra par livraison spéciale *une tonne* de giroflées tout spécialement expédiées du Kentucky, et *deux douzaines* de mouffettes (ou sconses), petits animaux tout à fait charmants mais présentant cette particularité de puer épouvantablement.

Je trouve ça très drôle, sur le moment.

En fait, à part m'asseoir sans culotte sur une assemblée générale de scorpions, j'aurais difficilement pu faire pire, dans la série : « Les Grandes Aneries du Siècle » !

J'ai donné à Paul mon accord pour l'affaire immobilière de Dallas. J'entre dans l'aéroport. Il est minuit moins vingt-cinq. Je n'ai pas fait dix pas qu'un haut-parleur tonitrue, répétant mon nom et m'invitant à me présenter à une hôtesse. J'obtempère. L'hôtesse me désigne des bureaux vides, où je pourrai recevoir ma communication téléphonique. Mon interlocuteur est une interlocutrice :

— Monsieur Frank Cimballo ?

— Franz Cimballi. De Saint-Tropez.

— Mon nom est Martha Murchison. Je suis la secrétaire particulière de miss Patti Hall. Pourrais-je vous rencontrer ?

— Je prends un avion dans quelques minutes.

— Alors, ailleurs qu'à Dallas. Où vous voudrez.

J'hésite. Je finis par donner, à San Francisco, l'adresse de Li et Liu, chez qui je serai le lendemain. « Entendu », dit-elle. Elle raccroche.

Se produit alors l'incident, auquel, sur le moment, je n'accorde guère d'importance. Les bureaux où je suis sont déserts, presque tous plongés dans l'obscurité. D'un coup, une porte s'ouvre. Apparaît sur le seuil une jeune fille de seize ou dix-sept ans. Tout à fait jolie, mais ouvrant démesurément ses yeux bleus et, surtout, essayant maladroitement de replacer sur sa poitrine ce qui reste de son chemisier déchiré. Je demande : « Des ennuis ? » Pas de réponse. Soudain elle s'élance et s'en va en courant. Je sors derrière elle, ne découvre qu'un couloir désert. Son agresseur ou son amoureux aura filé.

Dix minutes plus tard, je suis dans l'avion de Phoenix. Phoenix où je dors quelques heures...

... Où je signe, en fin de matinée, ce 2 juillet, l'acte de vente de ma propriété de Mesa Verde...

... D'où j'appelle Jimmy Rosen, à New York, l'un de mes avocats d'affaires américains, pour lui demander de faire virer à Dallas les cinq cent mille dollars représentant ma quote-part pour la levée de l'option sur le terrain trouvé par Paul Hazzard...

... Où je reçois également un appel de Philip Vandenbergh, un autre de mes avocats : l'un de ses anciens condisciples de Harvard lui a demandé des renseignements sur moi — qui est Cimballi et combien pèse-t-il, financièrement ? L'homme de loi se nomme Earl Carruthers et c'est l'un des innombrables juristes qui, rien qu'à New York, travaillent exclusivement pour les Hall, de Dallas. « Lesquels possèdent l'une des plus grosses fortunes du monde, monsieur Cimballi. Vous avez quelque chose en train avec ces monstres ?

— Pas vraiment. J'ai juste envoyé quelques fleurs à

une demoiselle Patti Hall. Nous autres Tropéziens sommes galants.

Ma farce de la veille me fait toujours rire, je suis d'une humeur charmante. Au début de l'après-midi du 2, je repars de Phoenix. Je débarque à San Francisco à seize heures quarante heure locale.

Deux sacrées surprises m'y attendent.

La première est la présence de Li et Liu, qui sont venus m'attendre à l'aéroport. Cette fois-ci, ils sont déguisés en centurions romains, pour changer. Ils sont hilares, étouffent presque de rire et je trouve qu'il n'y a pas tellement de quoi, habitué que je suis à leurs plaisanteries vaseuses :

— Espèces de Chinetoques Toqués, vous n'en avez pas marre de faire les clowns ?

(C'est que j'en ai vu d'autres : je les ai connus déguisés en hamburgers géants, en sucettes à la fraise, en scaphandriers et même une fois en Vikings — avec des tresses blondes et des casques à cornes d'auroch, ce n'était pas triste !) [1]

Mais, ce 2 juillet, apparemment, leur hilarité a d'autres motifs. Ils me disent :

— Salut à Toi, Gland Petit Cimballi Lusé, bienvenue à San Francisco.

Sur quoi ils ajoutent : « C'est à cause de l'orgie, mon pote. On s'est mis en tenue. »

Alors, bien sûr, je leur demande de quelle imbécile d'orgie ils me parlent.

Ils me montrent les journaux.

Et je ne ris plus du tout.

Vraiment plus du tout !

1. Voir *Money, Cash, Fortune* (Livre de Poche).

2

Vous voyez Li et vous avez vu Liu. Et vice versa. Personnellement, depuis cinq ans que je les connais, je n'ai jamais réussi à les distinguer l'un de l'autre. Certaines fois, je me suis même demandé s'ils étaient vraiment deux et si ce n'était pas simplement moi qui voyais double. D'autant qu'ils ne se quittent jamais, et que l'un finit les phrases que l'autre a commencées. Ils ne sont pourtant pas frères, mais cousins. Des cousins siamois, en quelque sorte.

Ils ont un sens de l'humour à trouer les portes, une fantaisie naturelle qui confine à la folie pure. En apparence. Car sous leurs dehors extravagants, ce sont de fantastiques hommes d'affaires, rusés en diable et impitoyables quand c'est nécessaire. Je les ai connus à Hong Kong, les ai aidés à recevoir leur héritage de soixante millions de dollars dans des conditions rocambolesques [1]. Au cours des années suivantes, loin de dilapider ce capital de départ, ils l'ont fait fructifier, au point que leur fortune atteint aujourd'hui le demi-milliard de dollars.

— Une chose est sûre, Franz, dit Li (ou Liu), tu es dans une jolie patouille...

— Nous n'aurions jamais cru ça de toi, dit Liu (ou Li)...

1. Lire *Money* (Livre de Poche).

— D'autant qu'il n'y a pas que ce journal qui en parle...

— ... Les autres aussi, mon vieux...

— ... Pas seulement à San Francisco...

— ... Mais sur toute la côte Ouest...

— ...Et sur la côte Est itou. Rosen et Lupino ont appelé de New York, ils demandent que tu les rappelles, disent que c'est important et sérieux, que tu dois t'en occuper fissa...

— ... Avant qu'on te mette en prison. Pauv' Cimballi...

— ... C'est qu'il n'y a pas que la presse écrite qui en cause, mon petit. La télé et la radio aussi...

Je hurle : « LA FERME ! » Je relis le journal pour la cinquième fois. La Cadillac Thunderbird de mes amis chinois débouche dans Market Street, file droit sur l'Embarcadero. Le titre est sur quatre colonnes, écrasant tout le reste de l'actualité : *UN JEUNE MILLIONNAIRE IVRE JOUE LES SATYRES A DALLAS*. L'article est du même tabac, voire pire : on m'y présente comme un jeune requin de la finance, sans scrupule et fou de prétention. Suit le récit de mes turpitudes texanes : je me suis enivré de champagne rosé, j'en ai bu neuf bouteilles et une fois complètement saoul, j'ai insulté tous les clients d'un restaurant de luxe ; j'ai voulu faire évacuer ledit restaurant, offrant à cette fin à la direction une considérable somme d'argent, qui a été vertueusement refusée. J'ai proféré les pires menaces quand on m'a finalement expulsé. Et le pire est advenu : à l'aéroport de Dallas-Fort Worth, j'ai agressé une pauvre et innocente mineure qui passait par là, la mettant presque nue, et sans la miraculeuse intervention d'une hôtesse d'accueil, l'irréparable eût été accompli...

Je demande : « Et les autres journaux ont écrit ça ? »

— Mot pour mot, mon cher. Le même texte dans presque tous les journaux américains. Tu ne serais pas fâché avec quelqu'un de vachement puissant, par hasard ?

Je contemple le cliché qui illustre l'article. Il ressemble à ce qu'il prétend être : une photo d'amateur. Au premier plan, un groupe de joyeux touristes sur le point d'embarquer et souriant à l'objectif d'un copain. Je suis au second plan, courant presque pour ne pas rater l'avion de Phoenix. Et une flèche blanche, peinte, indique, tout à l'arrière-plan, la position de ma « victime », qui tend vers moi un index accusateur alors que l'hôtesse d'accueil la réconforte charitablement.

Au téléphone, je dis à Jimmy Rosen :

— Demande-moi pourquoi j'ai sauté sur cette pauvre fille et je viens spécialement à New York pour t'éventrer !

« Du calme », dit-il. Jimmy Rosen est donc mon avocat-conseil sur le continent nord-américain. Au même titre que Philip Vandenbergh et Jo Lupino. Outre ces trois hommes, je m'appuie essentiellement sur Marc Lavater, qui est français, qui est mon ami (quoiqu'il ait trente ans et quelque de plus que moi), qui vit ordinairement à Paris, qui est un ancien inspecteur général des Finances. Marc est l'homme au monde en qui j'ai le plus confiance, mais Rosen le suit de près en ce domaine. Il dit :

— Franz, cette affaire d'agression est grave. Elle peut te conduire devant un tribunal. La fille est mineure et...

Comme si je ne le savais pas ! Je suis sidéré par le développement ultrarapide — et féroce ! — que prend toute cette histoire. Bon sang, il ne s'agit que d'une banale dispute à propos d'une table de restaurant !

— Jimmy, alerte Jo et Vandenbergh. Alerte qui tu voudras. Cette Patti Hall est folle à lier, elle est complètement paranoïaque. Je veux savoir comment la contrer et me sortir au mieux de cette embrouille...

Je repose le récepteur sans le laisser parler davantage. Je contemple San Francisco Bay, la Golden Gate, et Alcatraz et Sausalito. La maison de Li et Liu n'est en rien luxueuse : elle est en bois et comporte trois étages, sur les hauteurs de Telegraph Hill, avoisinant un cours de danse et des ateliers de sculpteurs et de peintres. J'y suis d'ordinaire bien, heureux, détendu. Pas ce soir. Car autre chose encore, en dehors de cette machination stupide et vulgaire par voie de presse, m'irrite et me peine : l'étrange silence de Paul Hazzard. Il a touché mon argent ce matin, il a sûrement lu les journaux du soir, entendu la radio ou regardé la télévision... Et il ne cherche pas à me joindre. Que se passe-t-il ? Le Texas tout entier est-il en guerre contre moi ?

Parce qu'il est texan, lui aussi, et à l'en croire, il est l'ami d'enfance de cette milliardaire démente.

Je suis allé jusqu'à appeler San Antonio, où vivent sa mère et ses sœurs. On ignorait où il était. De quoi imaginer les pires connivences. Je me souviens d'une anecdote donnée pour authentique : en avril 1945, un journal de Houston titra sur toute sa première page : *L'ARMEE TEXANE ECRASE L'ALLEMAGNE NAZIE,* puis, en tous petits caractères : « *...assistée de quelques détachements de l'Union* ».

Et c'est au Texas, Dallas. O combien !

Sept heures et dix minutes, le soir du 2 juillet. Vingt-quatre heures se sont écoulées depuis l'instant où, relevant la tête, j'ai croisé le regard assassin mais merveilleusement violet de Patti Hall.

Ils débarquent d'une interminable voiture noire, demandent à me parler. Ils sont de taille moyenne et donc plus grands que moi, vêtus de noir, entièrement chaussés et cravatés de noir, coiffés de feutres noirs.

... Jusqu'à leurs ongles qui sont en deuil !

Car ils sont sales, fripés, malodorants. Ils ont de

longs nez pointus, des yeux rapprochés et bizarrement fixes, à la conjonctive d'hépatiques, des dents cariées et jaunes. Voix aigrelettes, suraiguës, horripilantes. Pour un peu, je croirais à un nouveau déguisement de Li et Liu. Mais non :

— Nous sommes Heckl et Jaeckel, croassent-ils en chœur.

Leurs museaux de corbeaux se font face quelques secondes, se pointent à nouveau vers moi. Ils reprennent :

— Nous représentons miss Patti Hall, de Dallas. Et nous venons régler avec vous les détails de votre prochain duel.

3

Ils me dévisagent de leurs petits yeux noirs, ronds et brillants, aussi expressifs que des boutons de bottine. Et moi, je les contemple avec ahurissement :

— Un *quoi ?*

— Un duel. Miss Patti contre vous.

Silence. Juste avant leur arrivée, je frisais la mélancolie, piquetée d'un peu de fureur sombre. Je suis à présent au bord du fou rire. Je demande :

— J'ai le droit de choisir les armes ?

Ils se concertent. On dirait vraiment deux corbeaux en train de se becqueter :

— Non, disent-ils ensemble, mais avec détermination.

— Ça ne fait rien, dis-je gaiement. Je choisis néanmoins la saucisse, allez le dire à votre patronne. Pour les règles, elles seront simples : Patti et moi nous nous bombarderons à coups de saucisses et le premier à pocher l'œil de l'autre aura le droit de mettre son adversaire tout nu et de l'enduire de moutarde.

Je m'esclaffe bruyamment, très content de ma trouvaille. Pas eux. Ils ne rient pas. Et soudain, à quelque chose passant dans leurs yeux glacés, l'idée me vient que ces deux types n'ont pas le caractère folâtre, vraiment pas. Ils ont la froide patience des tueurs.

— C'est impossible, disent-ils.

— Pas de saucisses ?

— Non.

— Dommage. C'était surtout le coup de la moutarde qui me plaisait. Que je gagne ou perde.

Leurs voix de fausset repartent. Ils croassent à n'en plus finir. Ils sont chargés d'une mission sans objet et s'en acquittent avec indifférence, persuadés que viendra bientôt le temps des choses sérieuses. Ils m'expliquent que le duel est une institution chez les Hall. D'abord, les Hall comptent James Bowie parmi leurs ancêtres. Oui, Jim Bowie, inventeur du *bowie-knife,* mort en héros à Alamo et fameux duelliste s'il en fut. Et les Hall ont également eu dans leur famille Ebenezer Whitmore Hall, qui s'est battu soixante-deux fois en duel, tuant seize hommes... Sans parler d'Elmer Gantry Hall, 1843-1912, de Lamar Gordon Hunter, célébrissime colonel dont j'ai certainement entendu parler...

— Jamais. Et je m'en fiche. Vous vous appelez vraiment Heckl et Jaeckel ?

Double regard noir, qui ne prête pas à rire. *Attention, Cimballi, ces zèbres sont dangereux !*

Ils disent oui, c'est bien leur nom, ils ont leurs bureaux à Dallas, de père en fils. Je demande encore :

— Et tout ceci n'est pas une plaisanterie ?

Pas du tout.

— Vous voulez parler d'un vrai duel ?

Un duel tout ce qu'il y a de vrai, disent-ils. J'ai gravement offensé miss Patti, d'abord dans un restaurant, ensuite en lui expédiant par la poste express une tonne de giroflées et vingt-quatre mouffettes nauséabondes. Si je suis un homme d'honneur, mon choix est limpide : je dois accepter de me battre.

— Au pistolet ou au sabre d'abordage ? Peut-être à la mitrailleuse ? (Je ricane.)

Ils restent impassibles. On leur a demandé de délivrer un message et ils l'ont fait, quoi qu'ils puissent eux-mêmes penser de la teneur de ce message. Et ils me répondent alors avec le plus grand sérieux :

— Rien de tout cela. L'arme choisie par miss Patti est la locomotive.

Ils sont repartis. Je m'étais attendu à les voir sautiller dans la rue, puis prendre leur envol pour se percher dans un arbre. Ils remontent plus simplement dans leur voiture funèbre et s'en vont, un je-ne-sais-quoi dans tous leurs gestes exprimant le ridicule et un danger mortel. Curieux mélange.

Je raconte la scène à Li et Liu et ces deux abrutis crèvent de rire. Moi, je suis partagé, je me demande si je ne rêve pas. Un duel à la locomotive et deux corbeaux d'un mètre soixante-quinze ! Et puis quoi encore ?

— Franz, me dit au téléphone Jimmy Rosen que j'ai aussitôt rappelé pour le mettre au courant, Franz, ne prends pas ça à la légère. Cette Patti Hall existe, de même que ses six milliards de dollars. Elle n'est pas exactement cinglée, mais tous les renseignements que nous avons déjà pu recueillir sur elle concordent : c'est une vraie Hall et elle en est très fière. Elle n'a aucune intention d'abandonner la gestion de la colossale fortune familiale à de simples hommes d'affaires. Il y a peu, elle a frappé du poing sur la table et exigé de tout diriger elle-même. Ses opérations depuis quatre mois démontrent qu'elle n'est absolument pas idiote. Qui plus est, elle ambitionne de prouver que dans le domaine de la finance comme en d'autres, une femme vaut un homme...

— Et féministe, avec ça !

— Tu simplifies trop. Oublie les clichés. Comment crois-tu que les Hall sont devenus les Hall ? On n'amasse pas six milliards de dollars par hasard. Les Hall de Dallas sont de grands fauves — je sais, c'est un cliché, ça aussi — avec un ego fantastique, une intelligence foudroyante, une agressivité proche de la férocité. Patti est de la trempe de ses ancêtres, pas de doute. Elle veut le prouver. Et elle est texane, en plus. Tu connais les Texans.

— Je sais : « *Et le huitième jour, Dieu créa le Texas...* »

— ... Et c'est une femme. Franz, réfléchis : si hier soir à Dallas, ç'avait été un homme qui t'aurait flanqué un pot de fleurs sur la tête ?

— Je lui serais rentré dedans.

— Exactement. Au lieu de cela, tu as rigolé et tu t'es payé la tête de Patti...

— Si je comprends bien, j'aurais dû lui mettre mon poing sur la figure et elle m'aurait aussitôt épousé, éperdue de reconnaissance ?

— Sait-on jamais ? En tout cas, tu l'as doublement, triplement vexée : en tant que milliardaire texane, en tant que femme et en tant que Hall...

Et que je sois Cimballi n'arrange rien, selon Jimmy Rosen, au contraire ; Cimballi dont la presse a parlé, qui a parfois fait rigoler le monde de la finance avec ses idées farfelues mais souvent fructueuses :

— C'est mauvais, Franz. Elle a déjà tenté et réussi quelques coups çà et là, depuis qu'elle dirige seule l'empire. Mais elle sent le besoin de faire encore ses preuves, et tu es l'adversaire idéal : jeune, étranger, assez riche, sans soutenir la comparaison, puisque sa fortune est soixante ou soixante-dix fois supérieure à la tienne. Tu es connu. Si elle te massacre, elle aura prouvé qu'elle est une vraie Hall, en attendant mieux.

— Jimmy, c'est complètement dingue. Qu'elle aille au diable !

— Elle ne te lâchera pas. Tu n'auras pas le choix.

— Ce qui veut dire quoi ? Qu'elle va continuer de me persécuter de coups bas comme celui manigancé à l'aéroport de Dallas ?

— J'ai du nouveau à ce sujet. Toi, tu les appelles les Corbeaux. Tant mieux si ça t'amuse, tu seras le seul qu'ils auront jamais fait rire. Jo Lupino les connaît de réputation et cette réputation est sinistre, crois-moi. Pour l'affaire de l'aéroport, nous avons vérifié. Cette Martha Murchison qui t'a fait appeler par haut-parleur et t'a attiré dans le piège d'un prétendu viol...

— Eh bien ?

— Elle n'existe pas. Personne de ce nom ne travaille pour Patti Hall, qui a pourtant près d'un million d'hommes ou de femmes sous ses ordres, directement ou non.

— Ce serait Heckl et Jaeckel qui m'auraient monté ce traquenard ?

— En deux ou trois heures de temps. Ça te prouve leur ahurissante efficacité. La campagne de presse, c'est également eux. Tu t'es trouvé de foutus adversaires.

— Et tu en conclus ?

Jimmy Rosen est un ami sûr. C'est un bourreau de travail, qui ne sourit que lorsqu'il joue avec ses enfants. Pourtant, à l'autre bout du fil, je l'entends presque s'esclaffer :

— J'en conclus que tu devrais sans tarder apprendre à conduire une locomotive.

Je ne suis pas venu à San Francisco pour faire rire Li et Liu. Moins encore pour écouter leurs plaisanteries idiotes sur ma situation — et ils ne se privent pas d'en faire, ces crétins !

Non, en vérité, nous avions eux et moi un projet en tête, plus exactement la mise en œuvre d'un projet mûri depuis deux ans.

Il s'agit de jouets. A créer, à faire fabriquer et à vendre. En aussi grande quantité que possible. Nous voulons du neuf, aucun jouet classique : nous misons à fond sur le microprocesseur, l'électronique, le miniaturisé à l'extrême. Et sur le jouet pacifique — rien qui de près ou de loin puisse rappeler la guerre ou la violence. Voire sur le jouet délirant. Tout ce qu'il est possible d'imaginer en matière de jeux basés sur les micro-ordinateurs, nous l'avons mis à notre programme.

J'ai eu quelques idées, comme toujours abracadabrantes, mais qui ont enchanté Li et Liu et les ont convaincus de me prendre comme associé. Ainsi ce minuscule collier à bip-bip qu'on peut passer au cou d'un chat et dont l'écho apparaît sur un petit écran-radar, si bien qu'on peut savoir à tout moment où se trouve le matou. Li ct Liu ont même perfectionné mon idée de départ : le plan de la maison, du jardin, sinon du quartier et pourquoi pas de la ville (simple question de programmation), peut se dessiner sur l'écran, révélant que le cher minet se trouve sur l'horloge de la mairie ou sur le baobab du voisin. On notera que le même système peut éventuellement permettre de suivre à la trace un sale gosse particulièrement vadrouilleur. Même dans une foule.

... Ainsi encore ce requin en plastique, format gonflable des *Dents de la Mer* qui, dirigé par télécommande, vous donne la possibilité d'avoir soudain pour vous tout seul, au moment de votre baignade, une plage jusque-là noire de monde.

Autre idée dont je suis assez content : le Train-qui-pose-ses-rails-lui-même. C'est un train modèle réduit mais qui dispose de douze longueurs de voie, assez pour faire le tour de la terre en suivant scrupuleusement la ligne de l'Equateur. En effet, sur télécommande, il dépose devant lui une première longueur de rail, s'y engage, en place une deuxième à la suite, et continue de la sorte à l'infini, puisqu'il ramasse au fur et à mesure les longueurs de rail parcourues et, les passant sous lui, les ramène vers l'avant !

Nous l'avons essayé sur une route déserte près de Sacramento. On a failli mourir de rire, mes Chinetoques et moi.

Pour l'heure, nous n'avons qu'un seul exemplaire de

chaque modèle. Il reste à faire fabriquer tout cela en grande série, au meilleur prix possible.

Li et Liu ont pris à cette fin des contacts en Corée du Sud. En principe, ils auraient dû partir seuls pour Séoul, et moi je serais resté deux ou trois jours à New York, pour préparer la future commercialisation.

Mais le goût de partir me vient d'un coup, une heure après le départ des deux corbeaux Heckl et Jaeckel. Ils m'ont donné trois jours — exactement jusqu'au 5 juillet à midi juste — pour dire si oui ou non je relève le défi stupide que m'a lancé Patti Hall. Malgré les avis de Rosen, qui m'incite à aller à Dallas pour argumenter avec la cinglée aux yeux d'améthyste, je préfère retarder ma décision. Et puis il y a cette campagne de presse, qui va sans doute se développer encore, au sujet de la prétendue agression à l'aéroport. Mes avocats s'en occupent ; ils pensent que mon absence pourrait peut-être me servir, m'épargnerait au moins les assauts des journalistes... et des réponses imprudentes.

Bref, je serai plus tranquille au Pays du Matin Calme.

Si bien que le 3 juillet au matin, en compagnie de Li et Liu, je m'envole pour Séoul, où je n'ai encore jamais mis les pieds.

J'ai eu de meilleures idées, dans ma vie !

4

L'aéroport de Gimpo est à une vingtaine de kilomètres de la capitale coréenne. Une voiture nous y attend, qui s'engage aussitôt sur une autoroute à six voies. J'ai l'impression d'être à Tokyo, tant abondent ici les rocades énormes, chevauchant les immeubles jusqu'à hauteur des deuxièmes et troisièmes étages. Avec une différence : Séoul est cernée de montagnes calcaires, blanchâtres, qui rappellent les collines qui entourent Marseille. Mais la floraison des gratte-ciel est celle de Tokyo ou de Hong Kong.

L'homme avec qui nous avons rendez-vous et qui, pour avoir déjà travaillé avec Li et Liu, sera notre représentant en Corée, s'appelle Yi Gwang. Il a des bureaux dans l'île de Yeoido, le nouveau centre de Séoul. Voici quelques années, Yeoido n'était qu'un gros îlot sableux submergé à chaque mousson ; en 1970, on l'a ceinturé de digues, on y a édifié une ville regroupant bâtiments administratifs, ambassades et immeubles résidentiels de grand standing. En quelque sorte un ghetto pour l'élite, réservé à cent mille personnes, au cœur d'une agglomération de sept à huit millions d'âmes. Mieux vaut ne pas y traîner la savate, sauf si la savate vient de chez Gucci.

Yi Gwang est catégorique : deux usines seulement en Corée du Sud sont aptes à répondre à nos besoins. L'une se trouve à Inchon, port de Séoul sur la mer Jaune, face à la Chine ; l'autre est à Busan, tout au sud, sur l'autre rive du détroit de Tsushima. Yi penche pour Busan : les communications maritimes avec le Japon et les USA y sont aisées et plus rapides (et puis on est plus loin des méchants Coréens du Nord).

Va pour Busan. Nous y partons le 4 au matin, à bord d'un avion privé. Malgré la beauté du paysage sous nos ailes, je ne suis pas dans une forme étincelante. Mon estomac livre bataille au *Gim Chi* que je lui ai ordonné d'ingurgiter. C'est un plat fait de radis, de chou chinois et de crabe ayant longuement fermenté dans l'eau de mer, diablement relevé d'ail et de piment rouge... et qui accompagne du chien rôti !

Le chien surtout a du mal à passer. Pauvre bête ! Je me sens des remords d'anthropophage.

Aussi est-ce dans une espèce de brouillard que je mets, toute la journée durant, mes pas dans ceux du Coréen et de mes associés chinois. Nous visitons une usine qui n'emploie que des femmes, uniformément vêtues de blouses vert tendre. Dans la soirée seulement, je retrouve un certain goût à la vie. Le décor s'y prête : Yi Gwang nous a emmenés dans la superbe île de Jéju, à l'extrême sud de la péninsule coréenne, où il a une résidence de vacances.

Je revois la scène avec une extraordinaire précision : je suis au téléphone, attendant de parler à Jimmy Rosen. A cent mètres de moi, même pas, un étrange cortège défile. Il est constitué d'une vingtaine de bonshommes vêtus, coiffés et chaussés de blanc — c'est ici la couleur du deuil. Ils portent sur leurs épaules une sorte de palanquin tendu de voiles blancs. Dans le palanquin (je le sais parce que Yi Gwang vient de me l'expliquer), un cercueil de bois de pin dans lequel le défunt est allongé, la langue attachée avec de la ficelle afin qu'elle reste bien droite pour l'éternité ; tandis que les dents et les rognures d'ongle dont il a dû se séparer durant sa vie sont soigneusement rangées dans des coffrets qu'on inhumera avec lui.

Je contemple le spectacle sans trop y penser, la tête ailleurs, agacé de ne pouvoir joindre Rosen.

Et soudain je les découvre, entre les silhouettes blanches du convoi funèbre. Ils sont côte à côte et noirs, pas perchés sur une branche mais presque, et ils regardent dans ma direction sans chercher à se dissimuler : Heckl et Jaeckel, les deux corbeaux de Patti Hall.

Je hurle.

La standardiste coréenne a très certainement dû faire un double saut périlleux sur sa chaise en m'entendant, mais le résultat est atteint : Li et Liu surgissent en courant.

— Qu'est-ce qui t'arrive ?

Je désigne le cortège :

— Les Corbeaux. Ils sont là.

Ils regardent dehors, se regardent, me regardent. Ils disent : « Gland Petit Cimballi complètement siphonné. » Et aussi :

— Il voit des corbeaux partout...

— ... Ça tourne à l'obsession...

— ... Ici, on est en Corée, mon petit, tu t'en souviens ?

— ... Les Corbeaux étaient à Frisco, que voudrais-tu qu'ils foutent ici ?

— ... Des Corbeaux en Corée, c'est carrément insensé...

— ... Et d'abord, les corbeaux coréens ne sont pas noirs, mais jaunes. Avec des yeux bridés...

— ... Ils ont des casques de l'U.S. Marine Corps et travaillent pour la C.I.A., c'est bien connu...

Ils m'énervent avec leurs clowneries et je ne le leur envoie pas dire. J'ai digéré mon chien rôti et, pas de doute, c'est bien Heckl et Jaeckel que j'ai vus, et qui ont disparu à présent, volatilisés. Est-ce que mes deux Célestes fous comprennent ce que cela peut vouloir dire ?

— Ils ne m'ont pas suivi pour prendre des vacances.

Si cette Texane aux six milliards de dollars les a lancés sur mes traces, jusque dans cette île perdue, elle a ses raisons.

J'ai une vague idée de ces raisons, une idée inquiétante. Que Li et Liu ne partagent pas. Malgré leurs pitreries, ils pensent ordinairement vite, et bien ; selon eux, je ne dois pas me mettre martel en tête ; il s'agit probablement, pour Patti Hall, de ne pas me perdre de vue, afin de pouvoir me récupérer, ou de me contacter, quand elle en aura envie : « Elle cherche à t'agacer, elle y a réussi, d'ailleurs. Tu craques, Cimballi Franz. »

Peut-être ont-ils raison. N'empêche que j'éprouve un sentiment bizarre. Ce n'est pas encore de l'inquiétude, mais ces deux lugubres volatiles me hérissent le poil. Ils me font penser à ces croque-morts du Grand Ouest américain, qui suivaient pas à pas les tueurs professionnels, toujours prêts à prendre vos mensurations pour votre futur cercueil.

Je me demande si les Corbeaux ont un mètre à ruban dans leur poche.

Le lendemain 5 juillet, l'avion de location nous ramène à Busan, sur le continent. Nouvelle visite de l'usine vue la veille. Nous consacrons ce qui reste de la matinée (nous nous sommes levés aux aurores) à négocier avec les dirigeants de l'entreprise, des Nord-Coréens chrétiens qui se sont réfugiés au Sud lors des accords de Pan Mun Jon. Oui, ils pourront fabriquer, et monter, et livrer dans les délais. En toutes quantités qu'il nous plaira de commander.

Et les prix sont tout à fait convenables. J'ai laissé Li et Liu en discuter, ce qu'ils font à la chinoise, c'est-à-dire à merveille. Puisque tout va très bien, j'ai même fait une démonstration du train-qui-pose-ses-rails-lui-même. Qui n'a pas vu s'esclaffer une pleine usine de Coréennes n'a rien vu.

Je n'ai pas encore réussi à joindre Jimmy Rosen au téléphone. Pas depuis l'île de Jeju. De sorte que mon premier soin en arrivant à Busan a été de réclamer ma communication pour New York. On me passe finalement Rosen à neuf heures trente-huit du soir dans l'Est des Etats-Unis :

— Franz, qu'est-ce que tu fous en Corée, nom d'un chien ?

— Ne me parle plus de chien, s'il te plaît.

— Je cherche à te joindre depuis des heures : Patti Hall a téléphoné...

— Elle a téléphoné ? Elle-même en personne ? Tenant le récepteur de sa propre main ? Et d'ailleurs, pourquoi se sert-elle d'un téléphone ordinaire ? Alors qu'il lui suffirait d'écarter les nuages sur lesquels elle est assise dans le ciel, et simplement de tonner un peu ?

— Ce n'est pas le moment de plaisanter. Elle a téléphoné pour me dire deux choses : d'abord que cette ridicule affaire d'agression à l'aéroport de Dallas-Fort Worth est due à un excès de zèle de quelqu'un de son personnel. Elle n'apprécie pas ces méthodes. En d'autres termes, la campagne nationale contre Cimballi le fou-violeur-ivrogne-etc. a immédiatement cessé. Ta soi-disant victime a d'ores et déjà retiré sa plainte et elle a avoué hier soir devant les caméras de télévision qu'elle n'avait fait tout ça que pour se rendre intéressante. Nous avons même la possibilité de poursuivre en justice cette fille, ainsi que les journaux et les chaînes de télé qui ont donné l'information...

Je préfère ça, mais rien qu'à entendre la voix de Jimmy, je devine que si la première de ses nouvelles est bonne, la deuxième ou les suivantes ne le sont sûrement pas :

— L'autre nouvelle n'est pas bonne, dit Rosen de son habituelle voix calme et mélancolique. La seconde chose que Miss Patti de Dallas-Texas voulait m'annoncer est celle-ci : elle t'avait accordé jusqu'à aujourd'hui midi pour dire oui ou non à son offre de duel. Tu n'as même pas pris la peine de lui répondre. Elle n'est pas contente. Pas du tout. Elle a l'impression que tu ne la prends pas au sérieux. Alors, elle veut que tu saches que si, dans exactement seize heures, tu n'es pas à l'entrée de son ranch...

— En chemise, pieds nus et la corde au cou, comme les Bourgeois de Calais...

— Je ne connais pas ces bourgeois, viens comme tu es. Et si tu n'y es pas, elle ouvre les hostilités dans les trente minutes suivantes.

— Elle fera quoi ? Mettre ma tête à prix, comme pour Jesse James et les Dalton ?

— Elle demandera à ses amis politiciens de Washington d'intervenir. Entre autres actions, le Sénat des Etats-Unis ouvrira aussitôt une enquête sur les circonstances qui ont permis à un très jeune homme d'affaires étranger de réaliser des opérations immobilières sur le territoire américain pour un bénéfice s'élevant, en quelques mois, à cinquante ou soixante millions de dollars [1]...

La fureur me vient d'un coup :

— Je n'ai jamais fait quoi que ce soit d'illégal dans ma vie !

— D'accord, Franz. Mais tu auras quand même sur le dos trois ou quatre sénateurs des Etats-Unis avec leurs équipes d'enquêteurs. Pendant un an et peut-être plus, tu auras toutes les peines du monde à simplement t'acheter un hamburger. Et ils ne s'en tiendront pas là : ils vérifieront tout, la moindre de tes opérations, la plus banale transaction... Tout le monde s'y mettra, haro sur Cimballi : les brigades spécialisées du département du Trésor, leurs homologues du ministère français des Finances, les douanes des deux pays, l'Immigration... et pourquoi pas, tant qu'on y est, le FBI, la CIA et les Adventistes du Septième Jour... Franz, il n'y a pas un financier ni même un

1. Lire *Money* (Livre de Poche).

individu au monde qui sortirait intact d'un tel essorage. Ne fais pas le malin.

— Je n'ai rien à me reprocher. (J'en tremble de rage.)

— Ne fais pas le malin.

La voix de Jimmy Rosen est douce, un peu triste comme toujours, mais terriblement patiente et obstinée. Je respire un bon coup, pour tenter de recouvrer mon calme :

— Autrement dit, je dois répondre à cette convocation... quc dis-jc ? à l'ultimatum dc cette héritière capricieuse, et courir ventre à terre de la Corée jusqu'à Dallas ?

Silence. Jimmy ne prend même pas la peine de répondre. Devant moi, les côtes rocheuses, verdoyantes, quasi irlandaises d'aspect, de la Corée méridionale. Le Pays du Matin Calme, mon œil !

Et d'abord, ça se conduit comment, une locomotive ?

5

Une voiture immatriculée PH 3 (PH pour Patti Hall, bien sûr) m'attend sur la piste même de l'aéroport de Dallas. Ainsi que trois femmes. Pas très jolies, mais aux yeux durs, froids, en alerte.

— Frank Cimballo ?

— Je m'appelle Cimballi. Et le prénom est Franz.

On me fait monter à l'arrière mais nous n'allons pas très loin, nous ne quittons même pas l'aire d'atterrissage : l'hélicoptère est un gros Sikorsky, normalement capable de transporter deux douzaines de passagers. Ce n'est pas le cas de celui-ci, dont l'aménagement intérieur me laisse quelques secondes bouche bée : la couleur dominante est le rose; le style se rapproche assez du Napoléon III. La décoration est exubérante, avec partout des incrustations de cuivre doré. A moins que... *Nom d'une pipe, c'est de l'or !*

De l'or mêlé à la nacre et à l'ivoire. Voilages et doubles rideaux permettent, même en plein jour, de créer une atmosphère douillette, feutrée. La moquette dans laquelle je m'enfonce jusqu'à mi-mollet reproduit en trompe-l'œil un jardin à la française. Mais ce qui me surprend le plus est, trônant au beau milieu de la carlingue, une baignoire de marbre rose, alimentée par des robinets à col de cygne, en or massif. Je demande :

— La baignoire personnelle de miss Patti, je suppose ?

— Oui.

— Et elle prend son bain devant tout le monde ?

— Miss Patti n'emploie que des femmes, dans son entourage immédiat.

Et il est vrai que les pilotes sont aussi des demoiselles. Je dis :

— Je prendrais bien un bain, moi aussi. Et qu'il y ait des dames ne me gêne pas du tout. L'une d'entre vous me frottera le dos, j'adore.

De toute façon, je n'ai encore jamais pris de bain dans un hélicoptère, et l'expérience me tente. Mais ma suggestion tombe à plat. Mon intuition me souffle que je ne suis pas très populaire auprès de ces femelles.

Sur le Texas, le ciel est clair, surtout après avoir laissé derrière nous l'énorme agglomération de Dallas-Fort Worth, dont la nappe de pollution roussâtre coiffe les deux villes juxtaposées. Il y a neuf heures de décalage entre la Corée et le Texas. L'avion que j'ai loué à Séoul, où je suis précipitamment arrivé venant de Busan, m'a déposé à Tokyo. Je me suis aussitôt envolé pour Los Angeles, à temps pour sauter dans une navette pour Dallas. Pour moi, il est presque quatre heures du matin, quoiqu'il soit ici une heure de l'après-midi. Je me sens cotonneux. Nous volons vers l'Ouest. Je crois savoir à peu près où nous sommes : à mi-chemin de Wichita et d'Abilene, à la verticale des Brazos. Une heure passe. Le Sikorsky amorce une descente.

Une minute plus tard, je découvre les deux locomotives.

Pour l'heure, elles sont nez à nez, comme absorbées par une discussion confidentielle. Leurs cheminées fument, un coup l'une, un coup l'autre, elles lâchent de petits jets de vapeur d'un air excédé par l'attente.

J'ai sauté à terre en essayant d'être aussi digne que possible. Je me fais un certain souci. A quelques dizaines de mètres de là, je remarque un groupe de gens, hommes et femmes, visiblement venus dans plusieurs voitures. Mais je ne reconnais personne et personne ne semble m'accorder le moindre intérêt. On bavarde nonchalamment, je n'entends qu'un murmure de voix.

— Votre locomotive est en principe celle de gauche. Toutefois, monsieur Cimballo, si vous souhaitez conduire l'autre, vous le pouvez. Miss Patti n'a pas de préférence.

La femme qui vient de parler est l'une de celles qui m'attendaient à ma descente d'avion à Dallas.

— Et où est miss Patti ?

— Elle ne va pas tarder.

— Qui sont ces gens ?

— Des journalistes et les arbitres. Ce doit être un duel dans les règles et il ne saurait y avoir de duel sans arbitres.

J'ai sommeil, j'ai faim et, surtout, je rêve d'une bonne douche. Le soleil du Texas (*the highest in the world, of course*) rend la chaleur écrasante. Devant et derrière moi, à gauche et à droite, un horizon sans limites. Pas vraiment plat mais en légères ondulations. Aucune maison, aucune clôture en vue. La seule trace laissée par la main de l'homme est cette voie ferrée unique, parfaitement rectiligne. Du petit tertre où je suis, ma vue porte à des dizaines de kilomètres. Et les rails s'allongent à l'infini.

— Si un autre train arrivait ?

Pas de réponse. Je me retourne : les femmes venues avec moi remontent dans l'hélicoptère et m'ignorent. A cet instant, il ne faudrait pas grand-chose pour que je me mette réellement en rogne. Quitte à flanquer le feu au Sikorsky et aussi, tant que j'y suis, à ces deux locomotives. Toute cette histoire idiote commence à m'exaspérer...

— *HEY !*

L'appel provient des locomotives. De celle de gauche, dont la cheminée ressemble à un entonnoir.

J'aperçois un homme. Il est coiffé d'une énorme

casquette à soufflet, qui doit être de la même époque que les machines. En dépit de la chaleur, il arbore une longue jaquette en drap, l'uniforme des conducteurs de train français d'il y a cent ans et que, je crois, on appelait une soupane. L'homme est noir comme un bâton de réglisse et le charbon n'a rien à y voir, c'est la couleur naturelle de sa peau. Je m'approche. Il me sourit :

— Montez donc avec moi. Au moins, vous serez à l'ombre.

Je me hisse à son côté : « Merci. »

Il hoche la tête et me tend une bouteille de whisky, que je refuse.

— Vous avez tort, dit-il, c'est du pur rye irlandais. Pas de cette saloperie de bourbon qu'ils boivent ici. Nous autres Irlandais...

Je le dévisage, interloqué : physiquement, il est à mi-chemin entre Mohamed Ali et Louis Armstrong. En bref, il est noir, tout à fait, avec, tombant de la casquette à soufflet, des tresses à la rasta. Il rigole.

— Irlandais du Sud, précise-t-il. C'est pour ça que je suis un peu basané. Mon nom est O'Shaughnessy.

Il engloutit une large rasade :

— Alors, c'est vous, Franz Cimballi ?

Du moins n'estropie-t-il pas mon nom, et me restitue-t-il mon vrai prénom...

— En personne.

— Je me souviens de vous, dit-il. L'histoire du café [1]. Quand vous étiez assis avec un costume misérable sur tous ces milliards de sacs de café, dans votre île du Pacifique...

— Aux Antilles, pas dans le Pacifique.

— En tout cas, je me suis drôlement marré. Par Saint-Patrick, qu'est-ce que j'ai pu me marrer ! « *Encore quatre jours et Cimballi n'aura plus UN sac de café...* » Vous les avez sacrément eus...

1. Lire *Cash !* (Livre de Poche).

Il tend l'oreille, ingurgite une nouvelle goulée de son whisky irlandais puis m'indique une direction avec le goulot de sa bouteille :

— Elle arrive. Calamity Jane en personne. Z'êtes pas sorti de l'auberge, avec cette môme...

Je regarde à l'extérieur, tel Jean Gabin dans *La Bête Humaine*. Il me faut lever les yeux. Je découvre alors l'hélicoptère en train d'approcher. Il est plus petit que le précédent et il est peint en rose vif.

Il est treize heures vingt-neuf, heure locale, le 6 juillet.

Droit dans les miens, les yeux violets de Patti Hall. Pas de doute : ils valent, à eux seuls, que je vienne à la nage de Corée. Mais le reste n'est pas mal non plus, et serait même tout à fait bien s'il n'y avait cette lippe dédaigneuse et cette morgue exprimée par tout le corps. Elle porte des culottes de cheval sur des bottes d'écuyère de couleur fauve. Chemisier crème, orné d'un mignon petit foulard à la teinte exacte de ses yeux, et à monogramme.

— Cimballo ?

— Oui, miss Patta ?

Elle commence à me fatiguer avec son « Cimballo » dont je jurerais qu'il est délibéré ! Elle ne relève pas. Elle dit :

— Un point que je dois éclaircir : je ne suis pour rien dans cette vulgaire histoire d'agression, à l'aéroport de Dallas. Ou du moins, si j'en suis responsable, ce n'est qu'indirectement : quelqu'un a pris une initiative sans m'en référer. Des sanctions ont été prises et je vous prie d'accepter mes excuses. Je suis prête à examiner toute demande de dédommagement qui sera raisonnable.

Je l'écoute assez distraitement. Mon attention va au groupe de tout à l'heure : il vient de se disloquer, certains de ses membres — photographes, cadreurs et preneurs de son — se sont approchés et mitraillent Patti Hall, sans trop se soucier de moi. Mais trois hommes qui ne sont ni photographes ni techniciens de télévision s'approchent de nous avec dignité.

— Nos arbitres, poursuit Patti Hall. Je vous présente le juge Harrison Forbes, le juge Nicholas Ortiz, le juge John Henry Manners. Tous à la retraite et très honorablement connus au Texas.

Le plus jeune des trois bonshommes a soixante-dix ans. Ils inclinent la tête avec raideur. Celui qui se nomme Forbes prend la parole. Il parle d'un certain colonel Everett Julius Hall, gloire des Brazos, ainsi que d'un autre abruti du même genre, un dénommé Otis Waco Cunningham, qui, le 17 juin 1874, se sont glorieusement affrontés à coups de locomotives. Je remarque, sarcastique :

— J'espère qu'ils en sont morts.

— Oui, jeune homme, rétorque Justice Forbes. Ils moururent en héros.

— Bien fait pour leur pomme, dis-je.

Quelques regards indignés me transpercent. Je m'en fiche complètement. Je suis de plus en plus fatigué, j'ai faim et j'ai soif. Je m'assois sur le marche-pied de la locomotive et dis à O'Shaughnessy, le seul Irlandais au monde qui, au naturel, est noir en permanence : « Je crois que je vais un peu goûter de votre gnôle, en fin de compte. » Il me tend la bouteille.

Le juge en retraite Forbes continue à pérorer face aux caméras. Il est en train d'expliquer les règles du duel à venir : Patti Hall et moi monterons chacun sur une locomotive. Il précise que les machines sont d'authentiques témoins de la Conquête de l'Ouest. L'une est une *Roger 119* de la Central Pacific, l'autre une *Jupiter 60* de l'Union Pacific ; ce sont les sœurs jumelles de celles qui, par leur rencontre à Promontory Point, le 10 mai 1869, marquèrent l'achèvement des travaux du Cheval de Fer transcontinental américain. Pour ce qui nous concerne, la belle Patti et moi, une fois aux commandes et éventuellement assistés d'un mécanicien, nous reculerons de seize cents mètres (un *mile*) afin de prendre notre élan. Ensuite, on mettra pleins gaz, les mécaniciens fichant le camp. Nous resterons seuls sur les machines se jetant à toute vitesse l'une contre l'autre. Le jeu consiste à rester à bord le plus longtemps possible. Celui ou celle qui sautera avant l'autre aura perdu (en 1874, ni Otis Waco Machin ni Julius Machin Hall ne sautèrent et il s'ensuivit qu'ils furent tous deux écrabouillés, ces crétins).

J'en suis à ma troisième rasade de whisky et je commence à me sentir léger, léger. Je demande à O'Shaughnessy : « C'est quoi, ton prénom ? — Mick — Appelle-moi Franz. » Il dit que c'est une chouette idée et me reprend lâchement la bouteille. Justice Forbes discourt encore, comme s'il récitait les attendus d'un jugement. Le voici maintenant qui explique que les locomotives sont sur une ligne privée, posée sur le seul territoire des Hall, dans leur ranch. Ce ranch faisant dans les deux cent mille hectares, la longueur de la ligne avec ses embranchements est de cent cinquante kilomètres. En somme, quoi de plus simple ? les Hall ont un chemin de fer dans leur jardin... qui est grand comme un département français !

— Savez-vous conduire une locomotive, monsieur ?

J'éclate d'un rire tonitruant (c'est le whisky) :

— Pas du tout.

— Dans ce cas, vous disposerez d'un mécanicien. Quant à Patti Hall, elle sait. Après tout, ces locomotives sont à elles, et elle a dû jouer avec dès sa plus tendre enfance.

— Les adversaires en place, je vous prie, ordonne Justice Forbes.

Durant quelques secondes, le temps s'arrête. Un grand silence tombe, tissé par le halètement des deux machines haut le pied. Photographes et cadreurs se préparent. De nouveau, je commence à me faire du souci (le mot est faible).

— En place, répète Forbes.

Patti Hall s'est dirigée avec la plus grande détermination vers la locomotive de droite (la *Roger 119*). Elle a enfilé de gros gants de cuir comme en portent les cow-boys. Elle se hisse à bord, refusant l'aide de deux ou trois hommes qui se sont précipités.

De mon côté, j'ai rejoint Mike O'Shaughnessy. Il paraît tout à coup inquiet. Sa peau noire se teinte de rouge orangé, à la lueur du fourneau où brûlent le charbon et le bois qu'il vient de charger.

— Ça me tracasse un peu, pour ne rien vous cacher, dit-il.

— Une minute ! crie Forbes.

— ... C'est un coup à me faire foutre à la porte, poursuit O'Shaughnessy. Et elle ne se contentera pas de me flanquer dehors, elle me fera aussi toutes les emmerdes du monde. Vous ne la connaissez pas, c'est une sacrée garce quand elle veut. C'est qu'avec six milliards de dollars, on est sacrément puissant. Bien plus qu'un président qui n'est là que pour quatre ou huit ans...

— Dix secondes ! hurle Forbes.

— Ça me tracasse, mais je vais le faire, dit O'Shaughnessy.

Et brusquement, il éclate de rire...

— Go ! clame Forbes.

... O'Shaughnessy rit et met la *Jupiter* en route. Devant nous, Patti Hall fait de même avec la *Roger*. Le groupe des photographes et des équipes de télévision, des arbitres, s'éloigne. O'Shaughnessy rit de plus belle, dit encore :

— Je vais le faire et je le fais pour deux raisons. A cause de ces cinquante mille dollars, bien sûr, mais surtout parce que votre avocat de New York, Lapino...

— Il s'appelle Lupino, Jo Lupino.

— ... Parce que votre Lupino a raison : ça serait une foutue connerie de bousiller ces bécanes. Je les aime, moi, ces bécanes. Ça fait vingt-deux ans que je les bichonne, c'est pas pour qu'une milliardaire écervelée vienne me les pulvériser...

Devant nous toujours, *à quelques mètres,* Patti Hall s'est enfin rendu compte de notre manœuvre. Elle sort la tête et hurle quelque chose que je ne comprends pas, mais qui ne doit sûrement pas être affectueux... Parce que, suivant exactement les instructions que lui a données Jo Lupino en mon nom, O'Shaughnessy, au lieu de faire marche arrière, a au contraire lancé sa Jupiter *en avant.* Et les deux locomotives sont toujours nez à nez, comme amoureusement rassemblées par un baiser. Celle de Patti Hall court de plus en plus vite en arrière — sous l'effet de sa propre vitesse initiale doublé de celui de notre poussée !

6

Juges et preneurs d'images sont maintenant à des centaines de mètres en arrière, et la distance s'accroît sans cesse, à mesure que nous forçons l'allure...

— Elle voudrait freiner, repartir en avant, qu'elle ne le pourrait pas, m'explique O'Shaughnessy. Pas avec les petits bricolages que j'ai faits sur la *Roger*, comme convenu. En la poussant comme nous le faisons, ça devrait lui donner assez d'élan pour effectuer un tour complet du circuit. Va être contente, la môme !

Mille, deux mille mètres, la course s'allonge et s'accélère. La *Jupiter* se rue à présent au maximum de sa vitesse. « Elle marche, hein ? » exulte l'Irlandais basané.

Je me penche une nouvelle fois à l'extérieur et j'aperçois enfin le bosquet d'arbres que Jo Lupino m'a désigné comme repère :

— On arrive, Mick.

Sur la *Roger 119*, Patti Hall a cessé de hurler sa rage. Et sans doute a-t-elle constaté l'inutilité de toute manœuvre, car elle est maintenant assise sur le marchepied, raide comme la justice, bras croisés, fixant l'horizon, ses cheveux blonds flottant au vent. Un moment, j'ai craint que cette folle, dans sa fureur, ne saute en marche. Mais elle s'est ravisée. Elle boude.

O'Shaughnessy ralentit soudain. Lui aussi a vu le bosquet. Dans la seconde suivante, les deux locomotives se séparent enfin. La *Roger*, incapable de freiner, poursuit sa course sur la vitesse acquise. Au contraire, nous stoppons, à moins de dix mètres de la piste en terre.

— Et voilà, dit l'Irlandais couleur de réglisse.

Il actionne diverses manettes et le monstrueux halètement de l'antique machine (qui a peut-être été, voici cent ans, poursuivie par des Sioux vociférants), ce halètement s'apaise, avant de cesser tout à fait. O'Shaughnessy caresse affectueusement sa bécane et me rejoint sur le sol. Nous avons le même regard pour la *Roger 119 :* une chance que la ligne soit circulaire, sinon Patti Hall filait tout droit jusqu'au Wyoming, voire au Canada !

Je marche sur la piste en terre et l'Irlandais me suit. Une minute plus tard, Patti a disparu derrière un vallonnement, on n'aperçoit qu'un panache de fumée (c'est peut-être la Texane qui fume de colère ?).

Silence et chaleur. Deux bons kilomètres pour parvenir au portail qui marque l'une des entrées de l'immense ranch des Hall.

La voiture est là. A l'intérieur, un Jo Lupino hilare :

— Ça a marché, Franz ?

— Oui.

Mais je n'arrive pas à partager sa gaieté. Cette histoire m'embête et ne me donne plus tellement envie de rire. Jo :

— Et la belle Patti est toujours sur sa loco ?

Il étouffe de rire mais a lancé son moteur. Nous roulons très vite sur l'asphalte. Je me retourne une dernière fois. Le portail gigantesque que nous avons dû escalader est surmonté de l'inscription : « ET LE HUITIEME JOUR, DIEU CREA LE TEXAS. » Je croise le regard d'O'Shaughnessy. Il n'est plus si gai. Au point que Lupino nous interroge :

— Qu'est-ce qu'il y a ? Vous en faites, une tête !

Je pose ma nuque sur l'appuie-tête, bois un peu de

thé glacé dans la thermos. Je ferme les yeux, gagné par le sommeil :

— Jo, c'est comme si je venais de déclencher la Troisième Guerre mondiale. Réveille-moi à Dallas.

Je dis à Paul Hazzard :

— Bon sang, où étais-tu passé ?

A la pêche. Tout simplement. Monsieur pêchait, au large de Corpus Christi, dans le golfe du Mexique ! Sans journaux, sans radio, sans télé !

— Franz, j'ai pas mal cavalé, tous ces derniers temps, avec ces banquiers qui me détestent. Mais puisque j'avais réussi à entrer dans une affaire avec toi, je me suis senti plus tranquille...

... Et il en a profité pour partir sur son bateau, en compagnie galante. Je le tuerais.

— D'abord, Paul, je ne t'ai pas dit que j'entrais dans cette affaire d'immeuble.

— Jimmy Rosen m'a prévenu que les 500 000 dollars étaient à ma disposition. J'en ai moi-même mis autant et j'ai levé l'option sur le terrain. Un terrain que cent types nous rachèteraient demain et plus cher...

— Je ne suis pas encore décidé. Malgré les 500 000 dollars.

C'est tout à fait vrai. Dans les trois ou quatre avions qui m'ont ramené de Corée, histoire de m'occuper l'esprit avant d'affronter Patti Hall, je me suis livré à mes petits calculs ordinaires — histoire de me détendre comme d'autres font des mots croisés. A Los Angeles, j'ai même mis à profit une heure de battement pour passer quelques coups de téléphone. A Li et Liu notamment, qui ont réalisé de grosses opérations immobilières à San Francisco. A des architectes qui ont travaillé avec moi sur le casino d'Atlantic City [1]. Je

1. Lire *Fortune* (Livre de Poche).

commence à avoir une idée assez précise de ce qu'il est possible de faire, ou de ne pas faire, avec un terrain tel que celui de Paul Hazzard.

J'ai des idées sur le sujet, mais pas encore le goût de les mettre en œuvre. Par moments, je regrette même d'avoir engagé ce demi-million de dollars...

— Surtout à Dallas, dis-je.

L'immense Texan de San Antonio me considère du haut de ses deux cent cinq centimètres. Nous sommes à l'hôtel *Fairmont* de Dallas, à l'angle d'Akard Street et de Ross Avenue. Jo Lupino est là, qui m'a servi de chauffeur pour revenir du ranch des Hall, et aussi Jimmy Rosen, à qui j'ai demandé de descendre de New York. Il ne manque plus que Philip Vandenbergh et j'aurai réuni le ban et l'arrière-ban de mes conseillers nord-américains. Paul secoue la tête :

— Pourquoi « surtout à Dallas » ? C'est Patti qui te préoccupe ?

— Je ne serais pas surpris de les voir entrer dans cet hôtel, elle et sa locomotive, l'une et l'autre fumantes.

— Franz, il n'y a pas actuellement dans le monde d'endroit où une opération immobilière puisse rapporter autant qu'à Dallas. Et tu le sais.

— Sauf que la moitié de Dallas appartient à Patti. Et qu'elle contrôle l'autre moitié.

— Elle aura voulu s'amuser, avec ces locomotives, Par moments, c'est vrai qu'elle a un sens de l'humour un peu spécial.

Je ricane : ah oui vraiment, c'est tout à fait hilarant, de se fracasser mutuellement à coups de locomotives ! Un humour pareil, moi, je m'en passe !

— Franz, je connais Patti depuis l'enfance. Nous sommes même longtemps sortis ensemble, avant son premier mari... Et avant le deuxième aussi, d'ailleurs...

Le voilà parti à développer sa théorie selon laquelle Patti Hall ne tentera rien de sérieux contre moi, surtout si nous sommes associés, lui et moi. A cause de cette amitié de plus de vingt années, entre elle et lui. Il a vraiment l'air de croire ce qu'il dit. Il réussirait presque à me convaincre. De son côté, Jimmy Rosen, pour avoir étudié le projet, pense que cette affaire de Dallas devrait être excellente. Jo Lupino est du même avis, il partage en plus la position de Paul...

... Et nous sommes tous les quatre à discuter quand le téléphone sonne. Jimmy décroche et me passe aussitôt la communication. Dans le récepteur, la voix est charmante et bien plus que cela : enjôleuse, voire carrément câline :

— Ici Patti. Puis-je vous parler ? Je suis en bas, dans le hall.

— Je plaisantais, bien entendu, dit-elle. A aucun moment, je n'ai eu la moindre intention de mettre votre vie en danger, et la mienne encore moins.

Elle a simplement voulu me jauger, paraît-il. La *Jupiter 60* et la *Roger 119* sont authentiques, de vraies pièces de musée, pratiquement uniques au monde et font partie du patrimoine des Hall. Elle n'aurait pas vraiment pris le risque de les détruire.

— On vous prétend intelligent, vous n'avez donc pas compris ça ?

... Et à propos, qu'est-ce que j'ai fait d'O'Shaughnessy ? Je serais bien aimable de le lui rendre, elle en a besoin ; O'Shaughnessy est selon elle le seul homme au monde en qui elle ait confiance, pour s'occuper des deux vieilles locomotives : « Je suppose que vous l'avez payé, pour faire ce qu'il a fait. Je ne lui en veux pas. Je sais qu'il tient énormément à ces machines. Qu'il revienne et j'oublierai tout, il a — vous avez aussi — ma parole. La parole de Patti Hall. »

Je la dévisage, déconcerté au plus haut point. Tant de bonne volonté soudaine m'inquiète. Elle est là, face à moi, dans cette salle de conférences que l'hôtel a mise à notre disposition, pour cette rencontre entre chefs de guerre observant une trêve (je suis vraiment un tout petit chef de guerre, comparé à elle). Ses gardes du corps contrôlent, de l'extérieur, toutes les portes. Elle est là et me sourit, ravissante au dernier degré de l'échelle de Beaufort, ses superbes yeux violets tout emplis de malice...

... Si c'est bien de la malice. Ce pourrait tout aussi bien être du défi sarcastique. Auquel cas elle se paierait ma tête. « *Méfi ?* », comme on dit à Saint-Tropez.

— Et me jauger dans quel but ?

Nouveau sourire, à faire fondre un Esquimau :

— A notre première rencontre, quand je vous ai renversé ce pot de fleurs sur la tête, je ne savais pas qui vous étiez. Depuis, je me suis renseignée. On m'a parlé de vous, de votre réussite, de toutes ces idées que vous avez eues : la Ceinture de Soleil, et aussi Safari, Tennis Dans le Ciel et votre opération sur le café, et encore cette affaire de casino. J'ai été convaincue : vous étiez l'homme qu'il me fallait.

— Comme troisième mari ?

Elle penche gentiment la tête, gracieuse et fichtrement séduisante :

— Ça vous tenterait, Cimballo ?

Je déglutis précipitamment : *l'épouser ?* Si jolie qu'elle soit, et elle l'est bougrement, l'épouvante me gagne. Je mens effrontément :

— Qui ne serait tenté ? A la première seconde où je vous ai vue, mon cœur n'a plus battu que pour vous.

— Vous êtes vraiment un foutu menteur, dit-elle, tranquille. Non, il ne s'agit pas de mariage, inutile de blêmir par avance. Il est question d'autre chose. Vous pesez combien, financièrement parlant ? Cinquante, soixante-dix millions de dollars ? On m'a indiqué le chiffre, mais je l'ai oublié. Ça n'a pas beaucoup d'importance.

— Ça en a pour moi.

— Moi, j'ai six milliards. A deux ou trois cents millions près, je ne sais pas au juste, dans un sens ou dans l'autre. D'ailleurs, ça dépend des jours. Mais je n'ai rien gagné de cet argent, je veux dire par moi-même. Il vient de maman et surtout de mes oncles, qui ont trouvé malin de mourir presque en même temps. Et je suis une fille.

— J'avais remarqué.

— Je suis une fille et qu'est-ce que je pouvais faire ? Collectionner les yachts et les maris ?

— Pauvre enfant. Arrêtez ou je pleure.

— Ne faites pas l'imbécile, en plus, vous m'énervez déjà assez comme cela. Une tonne de giroflées, passe encore. J'aime les fleurs. Mais les vingt-quatre sconses...

Je rigole ouvertement. Mais je me méfie : elle me prépare quelque chose.

— Sans parler du coup de la locomotive. Vous m'avez ridiculisée devant la presse. Et vous me volez mon mécanicien préféré.

— Je vous le rendrai.

— J'y compte bien. Mais nous n'en serons pas quittes pour autant. Et puis la question n'est pas là, nous n'allons tout de même pas jouer comme des garnements qui se font des niches. J'ai mieux en tête. Que pensez-vous d'Heckl et Jaeckel ?

— Les Corbeaux ?

Elle éclate de rire :

— Je n'y avais jamais pensé, mais c'est vrai, on dirait deux corbeaux. Ils sont sympathiques, n'est-ce pas ?

— Adorables. Je me demande comment j'avais pu m'en passer, jusqu'ici.

— Ce sont des ordures, dit-elle avec sérénité. Ils sont laids, extrêmement sales, répugnants, méchants et totalement dénués de scrupules. Mais d'une extraordinaire efficacité. A eux deux, ils parlent quinze ou vingt langues. Mon oncle Bohlen les a utilisés des années durant pour ses affaires de pétrole, dans le monde entier, pour fomenter des révolutions ou au contraire empêcher qu'elles n'éclatent, pour faire chanter des gens, ou même pire. Je parle librement parce que nous sommes seuls ; le cas échéant, je nierais même les connaître, bien entendu. Oncle Bohlen les prêtait même à ses amis, comme on prête des chiens de chasse. Ils sont ignobles, et je suis sincère. Mais j'ai hérité d'eux en même temps que des trois milliards et quelques d'oncle Bohlen et, puisque je les ai, autant m'en servir.

— Contre moi.

— Contre vous. Personnellement, je refuse même de leur adresser la parole, je ne les toucherais pas avec des pincettes d'un kilomètre et demi de long. Mais vous, vous allez les voir. Partout, où que vous alliez sur la planète. Ils ne vous lâcheront jamais, pas une minute. Ils sauront tout ce que vous faites, entreprenez, avez entrepris ou allez entreprendre. Vous ne les verrez pas, mais ils seront chaque fois près de vous.

— En Corée, je les ai vus.

— Parce qu'ils ont voulu que vous les voyiez. Dites-vous bien que chaque fois que vous apercevrez la pointe de leur bec puant, ce sera tactique de leur part. Et leurs tactiques sont encore plus ignobles qu'eux-mêmes, c'est tout dire.

— Combien de temps ?

— Le temps qu'il faudra. Je leur ai ouvert des crédits énormes, pour ainsi dire illimités.

Elle ne porte que peu ou pas de bijoux : tout juste une petite broche en brillants et le H à branches festonnées des Hall, en accroche-cœur de diamant entre ses seins bronzés. J'aime beaucoup ses mains, longues et fines, et me verrais assez bien baiser un à un chacun de ses doigts. Sans parler du reste... Mais, à être franc, ce qui me tenterait le plus, faute de pouvoir lui casser la figure, serait de retrousser sa jupe texane et de lui flanquer une fessée d'anthologie.

Je ne suis pas sûr toutefois que ça arrangerait mes affaires.

Pour la question suivante, il n'était pas si nécessaire de la poser. La réponse est celle qu'on devine. Mais je la pose néanmoins :

— Et quelle sera la mission des Corbeaux ?

J'ai droit au plus chaleureux, au plus lumineux, au plus séduisant de ses sourires :

— Vous ruiner, Cimballo. Vous expédier au tapis pour le compte, à jamais. Quand mes Corbeaux vous auront passé à l'essorage, vous n'existerez plus, en tant que financier.

Car, dit-elle, ce sera entre nous un combat sur le terrain de la seule finance. Pas de coups bas autres que financiers (ce qui ouvre plus que largement le théâtre des opérations ; comparée à celle de la Finance, la jungle amazonienne est aussi sûre qu'un jardin public de Lausanne).

— Pas d'enquête sénatoriale, je ne ferai pas appel à mes appuis politiques. Et pas non plus de machination imbécile comme celle de l'aéroport. Vous avez ma parole.

Le plus extravagant est que je la crois.

Enfin, presque...

Elle dit encore :

— Comme terrain de jeu, le monde entier, évidemment. Tous les rapports qu'on m'a faits sur vous soulignent votre goût des voyages, et votre particulière habileté à sauter d'un avion à l'autre. Tant mieux. Vous n'ignorez pas qu'entre autres choses, je possède des compagnies aériennes et maritimes, ou ferroviaires... (Grand sourire) Vous vous en procurerez la liste, j'en suis sûre. Et Dieu sait qu'il y a des choses à apprendre sur moi. Vous ne pouvez même pas imaginer le nombre de choses dont je suis propriétaire, dans lesquelles j'ai des intérêts. Personnellement, il m'a fallu des mois pour en faire à peu près le tour, et je n'ai pas fini. Où que vous alliez dans le monde, j'y serai, d'une façon ou d'une autre...

Elle me fixe de ses yeux violets :

— Y compris à Dallas. On m'a parlé de ce projet que vous avez avec Paul Hazzard.

— Il affirme que vous êtes amis d'enfance.

— C'est vrai.

Silence. Je m'attendais à un commentaire de sa part, qui m'aurait éclairé sur ses intentions : va-t-elle oui ou non essayer de nous contrer dans cette affaire immobilière, qui va se développer sous ses fenêtres ? Mais elle se contente de me dévisager, une lueur ironique au fond de ses prunelles. C'est même elle, au contraire, qui demande :

— Vous allez poursuivre ce projet ? Je sais que vous avez déjà versé un million de dollars, Paul et vous.

Et qu'est-ce que je pouvais répondre ? A Paul lui-même, un quart d'heure plus tôt, j'avais dit : « Je ne suis pas encore décidé. » Je le pensais vraiment. Mais à présent, devant cette ravissante garce six fois milliardaire — et qui s'annonce avant tout comme un sacré homme d'affaires — la sagesse aurait commandé de répondre : « Non. Non, je ne vais pas poursuivre ce projet, qui d'ailleurs n'en est pas un. A peine un projet de projet. Et puis j'ai d'autres affaires, des affaires sûres, sans danger, avec des associés comme Li et Liu qui n'ont pas l'air trop texans, qui se foutent pas mal du Texas en fait, qui se foutent surtout complètement de toi, ma toute charmante... »

J'aurais pu, comme l'on dit, me dégonfler. Et quitter Dallas en fusée, regagner Saint-Tropez, pour y déployer mes orteils mignons au soleil de Pampelonne, en oubliant Dallas et le Texas et l'adorable mais emmerdeuse Patti Hall.

Au lieu de cela, avec ma stupidité ordinaire, relevant ce défi après pas mal d'autres, j'ai dit :

— Oui, je vais poursuivre ce projet. Que cela vous plaise ou non. Et je mettrai la pile à vos Corbeaux.

7

— De sorte qu'elle ne t'a pas vraiment dit si elle allait vous faire des ennuis, à Paul et à toi, ici même à Dallas.

Jimmy Rosen résume mon propre compte rendu. Il y a une heure que Patti Hall s'en est allée, escortée de ses gardes impériaux.

— Elle nous fichera la paix, dit Paul Hazzard. Je la connais depuis plus de vingt-cinq ans ! Ses oncles, qui étaient pourtant de sombres salauds, ont aidé mon père quand il a eu des problèmes au Venezuela, ils lui ont même avancé du fric à une époque où les banques détestaient le nom d'Hazzard plus encore qu'aujourd'hui. Mon père leur a tout rendu, remarquez bien, nous ne devons rien aux Hall. Nos familles se connaissent depuis cent cinquante ans. A Alamo, il y avait un Hall et deux Hazzard, et ils sont morts côte à côte. Quant à ce terrain, comment croyez-vous que j'ai pu prendre cette option ? Si les hommes des Hall avaient seulement bougé un petit doigt, je n'aurais pas eu une chance. On m'a laissé faire parce que j'étais un Hazzard, on m'a permis d'entrer sur la chasse gardée. Et vous voudriez que Patti vienne me massacrer, qu'elle rompe la tradition ?

Il parlerait des heures, si on le laissait faire, reprenant toujours sa même antienne : il croit Patti tout à fait capable de me pourchasser jusqu'au fin fond du désert de Gobi pour m'y dépouiller de mes dernières dattes mais... Mais pas à Dallas. Pas là où je suis associé avec lui. Et de conclure, enchanté par son argumentation :

— Tu vois bien que tu as intérêt à réaliser cette affaire avec moi.

Eh bien, d'accord.

Aussi étonnant que cela me paraisse — j'ai l'impression de n'avoir pas dormi depuis trois semaines — nous sommes toujours le 6 juillet, en fin de soirée. Incroyable : voici à peine plus de cinq jours, je prenais sur la tête un pot de giroflées. Je viens de livrer un duel à la locomotive et suis allé en Corée (ou bien ai-je rêvé que j'y suis allé ?) Les choses sont allées si vite que j'en ai presque oublié ma petite famille à Saint-Tropez, à qui j'avais annoncé une absence de quatre jours. J'appelle le standard et demande la communication avec la Capilla. Mais l'opératrice a le bon esprit de me faire remarquer que s'il est huit heures du soir à Dallas, il n'en est pas moins trois heures du matin, le 7, à Saint-Tropez. Fichu décalage horaire !

Et puisque nous sommes sur place, allons-y. Je livre à Paul, Jimmy et Jo Lupino le résultat de mes cogitations aériennes, entre Séoul et le Texas, à propos du terrain et de ce qu'on peut en faire. Paul renâcle : il envisageait une tour à usage de bureaux, peut-être portant son nom. J'ai une autre idée, nous en discutons tard dans la nuit.

Je le convaincs. Et le lendemain 7, je m'envole pour Paris et Nice.

... Mais les événements vont encore plus vite que moi. Je ne devais effectuer à New York qu'une courte escale, le temps de m'installer dans le Concorde d'Air France. Le sort en décide autrement. Au troisième de mes avocats américains, j'avais confié une mission. Je pensais qu'il lui faudrait des jours, voire des semaines, pour la mener à bien...

Je déteste Philip Vandenbergh. A cause de sa froideur, de sa morgue harvardienne et bostonienne, de son constant mépris glacé. De son côté, il m'a en abomination. Mais il y a de la complicité dans notre détestation mutuelle : c'est presque un jeu. D'ailleurs, il travaille pour moi depuis plus de quatre ans, à prix d'or certes, mais avec une efficience sans égale. Pour cette mission, je m'étais malgré tout attendu à d'assez longs délais...

Quelques jours lui ont suffi. Les interlocuteurs que je lui avais réclamés, il les a, il me les amène même à l'hôtel *Méridien* de New York, sur la 56e, dans son fabuleux décor et autour d'une table gastronomiquement française, ce qui aide. En quatre heures, tout sera réglé.

L'affaire immobilière de Dallas démarre alors vraiment, du même coup.

·

Prenons un exemple. Le vôtre.

Vous habitez Mont-de-Marsan, Saint-Aubin-d'Arquenay ou Saint Quay-Portrieux. Un beau matin, vous vous éveillez et, tout naturellement, vous vous dites : « Tiens, et si je faisais construire un immeuble-tour de cinquante étages à Dallas-Texas, histoire de me distraire ? »

Vous en parlez à votre femme (ou à votre mari). Il (elle) vous fera peut-être remarquer que vous êtes complètement fou. Il (elle) se trompe. C'est très facile. Enfin, presque.

Dans le cas qui nous préoccupe, celui de ce projet que m'a proposé Paul Hazzard, nonobstant les possibles agaceries de Patti Hall, l'investissement sera très proche de quarante-cinq millions de dollars. Ainsi répartis : cinq millions pour le terrain, quarante pour la construction. (J'ai arrondi les chiffres.)

Aucune loi n'interdit que vous payiez comptant. Vous faites un chèque de 45 millions et tout est dit. Mais je ne vous le conseille pas. Pour trois raisons : d'abord parce que vous ne les avez peut-être pas ; ensuite parce que ce n'est pas une saine pratique, en finance, que de payer cash quand on peut faire autrement ; enfin parce que dans le cas de Dallas, étant de part à deux avec Paul Hazzard, vous ne pourriez compter sur lui pour payer sa part puisqu'il est presque aussi à sec que ses puits de pétrole.

Non, nous allons opérer à crédit. C'est très rigolo, on va le voir.

Première opération : le terrain.

Il vaut cinq millions. Nous en avons déjà payé un. Restent quatre. Nous allons nous les faire prêter (nous aurions même pu emprunter la totalité, en fait, mais passons).

Le premier emprunt sera d'un million, grâce à une hypothèque reprise par le propriétaire du terrain lui-même (c'est une pratique courante aux Etats-Unis), c'est-à-dire qu'il nous fera crédit d'un million en échange d'un million et demi de notes, garanties par la propriété qu'il nous vend. A dix pour cent d'intérêts par an.

Autant dire que nous lui paierons, pendant dix ans, cent soixante mille dollars d'intérêts par an. 168 000 avec les frais.

Dans le même temps, nous empruntons à une banque de Houston (Jimmy Rosen s'est adroitement chargé de la négociation de ce prêt), trois millions et demi, à quinze pour cent l'an. Pour ce deuxième emprunt, nous aurons à payer cinq cent vingt-cinq mille dollars d'intérêts par an. Toujours pendant dix ans. Avec les frais : 675 000.

Il ne nous restera plus qu'à rembourser le capital (les prêteurs y tiennent, vous avez remarqué, vous aussi ?) Montant annuel de ces autres remboursements : 1 074 996.

... Et notez, à l'intention de votre femme, de votre mari ou de votre facteur à qui vous allez expliquer votre opération, que ce terrain de cinq millions va vous revenir en réalité, au bout de dix ans, à 10 749 960.

Plus le million versé au comptant : 11 millions et environ 750 000 dollars.

Oui, je sais, le chiffre paraît gros, à première vue, mais attendez donc la fin de l'histoire...

Car il vous faut maintenant vous occuper des 40 millions destinés à financer la construction de votre tour.

En ce qui nous concerne, Paul Hazzard et moi, (vous faites ce que vous voulez, quant à vous), nous avons fini par tomber d'accord : nous verserons chacun quatre millions comptant — huit en tout — et nous emprunterons 32 millions à une banque de New York, contactée par Jo Lupino. Nous aurions pu (vous aussi) lui emprunter la totalité des 40 millions, rien ne nous en empêchait.

Taux d'intérêt : quinze pour cent. Soit, pour le remboursement des seuls intérêts, la modique somme de 4 800 000 (par an).

Et pour le remboursement du capital : 3 200 000 (par an).

Faites l'addition. Vous parvenez (avec délectation, je n'en doute pas) à la somme de HUIT millions tout ronds, à payer chaque année à la banque de New York.

Huit millions auxquels vous devez bien sûr ajouter vos remboursements pour le terrain. En sorte que, tout compris, en considérant un dollar américain se baladant entre cinq et huit francs français, vous n'aurez jamais à acquitter, en dix ans, que cinquante à quatre-vingt milliards de centimes, si l'on y réfléchit bien...

C'est votre facteur de Mont-de-Marsan, de Saint-Aubin-d'Arquenay ou de Saint-Quay-Portrieux qui va être impressionné. Ou alors, il est particulièrement placide.

Paul Hazzard est impressionné. Quand je lui ai annoncé ce chiffre, fruit de mes cogitations aérospatiales entre Busan-Corée du Sud et Dallas-Texas, à dix mille mètres d'altitude, il est presque resté sans voix :

— Nom de Dieu, Franz, je ne pensais pas que cela atteindrait des sommes pareilles ! C'est dingue !

— Et encore ai-je oublié de faire figurer les neuf millions que toi et moi aurons finalement versés au comptant. Et quelques frais.

La vérité est que, compte tenu des petits débours annexes (voyages, hôtels, honoraires, repas et cigares), l'opération va finalement atteindre et dépasser les cent millions de dollars.

— Franz, c'est trop. Si quoi que ce soit arrive, si nous avons le moindre pépin...

— Un pépin de Patti, Paul ?

— N'importe quel pépin. Si nous en avons un, je n'aurais plus qu'à passer le Rio Grande pour m'enfuir au Mexique. A cheval bien entendu, comme au bon vieux temps. Et je vivrai en ermite dans la Sierra Madre, à la recherche frénétique d'un trésor me permettant de rembourser toutes ces banques.

Mon Texan de deux mètres et cinq centimètres a le moral au ras des pâquerettes.

Lui non plus n'aime pas trop Philip Vandenbergh. Il le trouve monstrueusement prétentieux, sûr de lui-même à rendre fou et, ce qui l'agace le plus chez VDB — je ressens exactement la même chose — c'est qu'il a pratiquement toujours raison ; il ne se trompe jamais.

La preuve : il m'avait dit au téléphone, quand je l'avais appelé de Dallas lors de ma première visite (avant ma rencontre fleurie avec Patti) : « Je pense vous trouver les gens que vous cherchez. — Les trouver ne suffira pas, il faudra les convaincre — J'en fais mon affaire » m'avait-il répondu de son habituelle voix glacée et avec sa foutue suffisance ordinaire.

Il l'a fait. Ces « gens que je cherchais » sont ceux qu'il m'amène au *Méridien* de New York, au début de l'après-midi du 7 juillet, juste avant que je ne redécolle pour Saint-Tropez, c'est-à-dire pour Nice.

Et par eux, je détiens désormais le moyen de

réaliser l'affaire de Dallas... avec un bénéfice de MILLE pour cent !

Ce n'est pas une idée à proprement parler géniale. Elle est tout simplement bonne et c'est assez.

Les trois hommes que j'ai en face de moi, en cet après-midi du 7, représentent l'une des plus considérables chaînes hôtelières du monde.

— Sans l'amitié et la confiance que je porte à Philip Vandenbergh, nous n'aurions certainement pas accepté de venir discuter d'une affaire aussi importante dans les salons d'un établissement concurrent, commence par me déclarer acidement Ross Kapicki, celui qui semble être le plus important des trois.

Que Philip Vandenberg ait un ami me paraît incroyable. Mais je ne commente pas et je dis simplement : « Merci d'être venus ».

La discussion s'engage. Comme prévu, ils nous proposent d'emblée d'entrer dans l'affaire, c'est-à-dire de devenir nos partenaires, dès le début. Je refuse, bien entendu, sans la moindre possibilité de recours. A une telle association, avec une compagnie aussi puissante, je gagnerais sûrement en sécurité mais (j'ai fait là aussi mes petits calculs) je perdrais plus des deux tiers de mes bénéfices potentiels.

Nous parlons du terrain. Ils le connaissent, et pour cause : ils projetaient de l'acheter, dans l'intention d'installer un de leurs hôtels à Dallas, où leur chaîne n'est pas représentée. Ross Kapicki reconnaît :

— Prendre position à Dallas n'est pas facile, avec les Hall et leurs alliés. Ils tirent sur tout ce qui bouge. Rien qu'en achats de terrain, leur groupe a investi ces derniers temps trois cent cinquante millions de dollars. Une vraie chasse gardée. Votre ami Hazzard a eu pas mal de chance de dégotter cet emplacement. Nous étions nous-mêmes sur les rangs...

... Et Paul n'a pu finalement décrocher la timbale

qu'en raison de l'amitié ancestrale de sa famille avec les Hall. Je sais tout cela, Kapicki ne m'apprend rien. C'est même en raison de cette situation particulière que je me suis intéressé à l'affaire.

Mais le moment est venu d'aborder les faits.

Comme convenu au préalable entre lui et moi, c'est Vandenbergh (Kapicki et lui sortent pareillement d'Harvard, ils ont le même âge, jouent ensemble au golf), qui définit les conditions que Paul a acceptées la veille à Dallas, pour ce qui concerne l'utilisation de la tour que nous allons construire.

Pas question d'une quelconque association dans les phases d'achat, d'aménagement du terrain, et de construction de la tour. Pas question non plus de vendre l'immeuble, une fois celui-ci terminé. Vandenbergh précise :

— Toutefois, il est entendu, et il sera établi par contrat, que vos architectes et les nôtres travailleront en étroite concertation, dans toute la mesure du possible. L'objectif à atteindre étant que la tour terminée convienne à l'usage que vous en ferez : un hôtel.

La solution que nous proposons à Kapicki et à ses associés, en fait, est celle de la location.

— Un contrat de location de dix ans, éventuellement renouvelable sous des conditions à définir. Mais ménageant à chaque partie la possibilité de se dégager au terme du bail décennal. Le montant de la location étant indexé, à raison de dix pour cent par an.

Loyer pour la première année ?

Six millions deux cent mille dollars.

C'est-à-dire, avec une augmentation contractuelle de dix pour cent l'an, 6 820 000 la deuxième année...

... 7 520 000 la troisième...

... et ainsi de suite.

Philip Vandenbergh sourit à Kapicki et cela me fait un choc : je n'ai pratiquement jamais vu cet iceberg sourire, ou alors d'un de ces rictus sarcastiques et méprisants me donnant envie de l'abattre à coups de hache :

— Bien entendu, Ross, il va de soi que toutes les charges afférentes à l'existence même de la tour seront, durant ces dix années, entièrement à la charge de votre société.

Les deux heures suivantes sont pénibles. Amitié de collège ou pas, golf ou pas, Vandenbergh et Kapicki se livrent un combat féroce. Sans jamais élever la voix — ils ne sortent pas d'Harvard pour rien —, mais avec la douceur lente de deux boas constrictors cherchant mutuellement à s'étouffer. Moi, je ne dis rien, ou presque. Après tout, cette idée de location et de chaîne hôtelière est de moi ; j'estime en avoir assez fait.

Et puis je paie Vandenbergh assez cher ! Il en vaut la peine. Car il finit par faire céder le Polono-Américain sans transiger d'un pouce. Et l'atmosphère se réchauffe d'un coup, comme toujours en pareil cas. Nous convenons que le cabinet Vandenbergh établira les documents nécessaires, en concertation avec les avocats de l'autre partie. Je signerai ces documents à mon retour de Saint-Tropez, le 11 ou le 12 juillet. *Shake-hand* traditionnel et confraternel.

... Vérification faite, j'ai encore le temps de prendre un avion pour Paris et Nice. Je dis à Vandenbergh :

— Bon boulot.

Ce salopard me sort alors l'un de ses fameux sourires minces, glacés, qui me donnent envie de le mordre :

— Ne triomphez pas trop. Vous êtes désormais entre les mains de Patti Hall.

Je finirai bien par le tuer, un de ces jours !

C'est dans l'avion survolant l'Atlantique, en route vers mon Saint-Tropez natal et bien-aimé, que, refaisant une fois encore mes petits calculs, je mesure l'importance de la transaction.

La chose est plus simple qu'elle n'en a l'air.

Il faut partir de ce chiffre, qui représente le montant des annuités que Paul Hazzard et moi allons devoir payer aux banques : 9 074 996 dollars.

Il faut le considérer au regard des loyers que nous allons percevoir. Le loyer pour la première année sera de 6 200 000. Qui viendront naturellement en déduction des 9 074 996. Logique. Nous n'aurons donc réellement à payer, Paul et moi, que la différence : 2 874 996.

Mais si les remboursements aux banques demeurent constants, le loyer, lui, augmente de dix pour cent par an, on s'en souvient. La deuxième année, ce loyer sera de 6 820 000 (soit, disons un déficit de 2 254 996) ; la troisième, de 7 520 000 (déficit de 1 554 996, ça baisse !) ; la quatrième, de 8 252 200 (plus que 822 996 de déficit).

Et la cinquième année sera fort intéressante : un loyer de 9 077 420 pour un remboursement de 9 074 996... Soit un solde positif de 2 484 dollars !

Pas énorme, direz-vous ? Attendez la suite... Car ce bénéfice sera de 910 166 la sixième année ; de 1 908 678 la septième ; de 3 007 205 la huitième ; de 4 215 245 la neuvième ; de 5 544 272 la dixième !

Faites le compte (on ne me fait plus confiance ?), additionnez les déficits. Total : 7 507 184.

Plus les neuf millions versés au comptant : 16 507 184.

Additionnez à présent les soldes positifs à partir de la cinquième année : 15 587 890 !

Les deux chiffres s'équilibrent presque, pour un peu, ils s'annuleraient. Nous n'aurons en réalité payé que moins d'un million de dollars en dix ans. Nous n'aurons pour ainsi dire rien gagné et rien perdu...

Sauf la tour.

Au terme du bail de dix ans, nous pourrons la vendre, ou la relouer si ça nous chante. Et une tour pareille, même dans l'hypothèse extrême d'une inflation catastrophique et d'une hausse des prix ne dépassant pas dix pour cent, vaudra la bagatelle de 90 ou 100 millions de dollars.

Cent pour un. Tout bénéfice.

Mon avion se pose à Nice.

Direction Saint-Tropez. Pour ma maison préférée « La Capilla ».

8

Sarah Kyle me dit :

— Toi, tu as encore fait l'imbécile. Je le vois rien qu'à ta façon d'agiter les oreilles...

Je l'embrasse :

— Qu'est-ce que tu as fait de mon fils et d'Heidi ?

— Vendus pour boire. Tu veux conduire ?

Non, j'ai sommeil. Je n'ai pas réussi à fermer l'œil dans l'avion — les avions, puisque j'ai changé à Paris. Sarah prend le volant. Elle conduit à merveille ; elle fait beaucoup de choses à merveille.

... Notamment se payer ma tête et refuser obstinément de me prendre au sérieux, moi et mes petites aventures financières. Elle est la deuxième personne au monde à ne pas prendre au sérieux Franz Cimballi, la première étant Franz Cimballi lui-même (c'est moi).

C'est une Irlandaise aux yeux verts, bronzée de partout, été comme hiver. Je l'ai connue à Mombasa, au Kenya. Nous avons vécu ensemble à Hong Kong, nous nous sommes séparés, je me suis marié (avec une autre), j'ai divorcé, nous nous sommes retrouvés à Montego Bay-Jamaïque, et nous ne nous quittons plus que par intervalles. Elle a sa vie, j'ai la mienne. Je lui ai proposé cent soixante-trois fois de l'épouser. Elle a dit non à chaque fois.

NIET. A cause de son indépendance. Par profession, elle dirige des hôtels, et sacrément bien paraît-il. Elle se met, quand ça lui chante, en congé de plus ou moins longue durée et ces congés durent, à ce qu'elle prétend, jusqu'à ce qu'elle ne puisse plus me supporter. Pour preuve de son indépendance, y compris financière, elle me rend toujours au centime près les cadeaux que je lui fais.

J'ai failli lui acheter le paquebot *France*, quand il était à vendre, rien que pour voir sa tête et ce qu'elle allait bien trouver à m'offrir en échange.

— Blague dans le coin, dis-je, où sont Marc-Andréa et Heidi ?

— Avec Françoise et Marc Lavater. A la pêche.

— Eux aussi ? Nom d'un chien, c'est une épidémie !

(Je pense à ce crétin de Paul Hazzard, parti lui aussi pêcher au mauvais moment.)

— Pourquoi « eux aussi » ?

— Rien. Je t'expliquerai. A propos, je t'aime.

— Beuleu beuleu beuleu, dit-elle.

Il y a un monde fou sur les routes azuréennes. Nous finissons tout de même par arriver à Saint-Tropez, que nous traversons pour gagner les abords de la plage de Pampelonne.

... Et voici, comme toujours, à chaque fois que je reviens à La Capilla, ma maison natale, que me vient la même vieille impatience fébrile, délicieusement angoissée...

Sarah parle, très doucement, de choses sans importance ; devinant sûrement ce que j'éprouve, grâce à cette étrange et déconcertante aptitude qu'elle a de me percer à jour en toutes circonstances. Il lui suffit pour cela d'un regard vert filtrant, visage triangulaire légèrement renversé en arrière, paupières mi-closes :

— Nous ne savions pas quel avion tu prendrais, ni même le jour de ton arrivée, jusqu'à ce que tu appelles de Roissy. Marc a hésité à emmener les enfants en mer. Il l'a fait, mais il devrait être rentré à présent...

Elle arrête la voiture et je mets pied à terre, toute ma fatigue envolée, dans l'air chaud et vibrant, lourd de l'entêtant et huileux parfum des arbousiers et de toute la garrigue provençale. J'entre dans la maison, qui a cette fraîcheur tranquille des maisons en été, toutes portes ouvertes. Je vais jusqu'au patio où nous dînons le soir, dans la nuit bruissante de phalènes. Je n'ai pas à aller bien loin, leurs cris m'alertent. Je m'agenouille, j'attends, et je les reçois dans mes bras, Marc-Andréa à droite, Heidi à gauche, pareillement bronzés, nus et tièdes.

C'est un de ces instants entre des milliards d'autres, où la vie vaut merveilleusement d'être vécue.

Marc-Andréa a presque quatre ans, Heidi va bientôt en avoir dix. Il est mon fils, et j'ai adopté Heidi voici six mois, en conclusion heureuse d'une folle aventure à Atlantic City, où j'ai acheté, vendu, racheté, revendu un casino, manquant d'y perdre ma chemise et le reste[1]. Ce que Sarah appelle « faire l'imbécile ». Elle n'a pas tort. Elle me demande :

— C'est quoi, cette fois ?

— Rien de spécial : un petit duel à coups de locomotives et deux corbeaux d'un mètre soixante-quinze perchés sur tous les arbres devant lesquels je passe. La routine.

Cimballi Fils saute à pieds joints sur mon ventre, et Heidi me tire par les chevilles avec l'ambition de me jeter dans la piscine : « T'es trop lourd, dit-elle, tu manges trop. » Je rampe subrepticement sur les fesses jusqu'au rebord du bassin : « Qui est gros ? Pas moi. Essaie encore. » J'ai juste le temps d'agripper la jambe de Sarah, et nous tombons tous les quatre dans l'eau. On batifole. Entre deux immersions, Sarah poursuit nonchalamment un interrogatoire façon KGB :

— Tu t'es lancé dans quelque chose.

1. Lire *Fortune* (Livre de Poche).

— Une affaire immobilière à Dallas, plus mon histoire de jouets avec Li et Liu. Rien que de classique.

— Je ricane, mon bonhomme. Avec toi, rien n'est classique. Tu irais toi-même faire les courses et acheter un kilo de tomates, ça déclencherait un krach financier planétaire.

Françoise et Marc Lavater sortent de leur chambre. Ils s'assoient à l'ombre. Ils ont la peau rougie par les coups de soleil, on les dirait passés au minium comme la Golden Gate. J'essaie tant bien que mal de leur adresser un salut affectueux, entre deux noyades. Sarah sort la première de l'eau et je la rejoins, après avoir échappé à mes deux requins. Je demande à Marc :

— La pêche a été bonne ?

— Et la tienne ?

Il est l'homme au monde dont je me sens le plus proche, je l'ai dit, celui en qui j'ai le plus confiance, pour qui j'ai une amitié sans faille. Il pourrait pourtant être mon père. Je sais qu'il me rend l'amitié que je lui porte. Je n'ai jamais eu et je n'aurai jamais d'associé permanent ; pour moi, un partenaire ne peut être que de circonstance, en vue d'une opération donnée, rien de plus. Par ailleurs, je n'ai ni bureau ni secrétariat, et je ne dirige aucune organisation, d'aucune sorte. Dans ce schéma souple, Lavater occupe une place à part : il est le seul, en dehors de moi, à tout savoir de mes entreprises, dans tous les domaines. En ce 8 juillet, j'étais de toute façon résolu à lui conter par le menu mes pérégrinations coréo-texanes.

... Or, très bizarrement, c'est par lui, qui n'a même pas bougé de Saint-Tropez, tandis que je cavalcadais d'un avion à l'autre, que j'apprends la dernière péripétie :

— Un incident curieux, dit-il. C'est arrivé il y a deux heures, au moment où avec les enfants nous débarquions du bateau, sur Pampelonne. Deux hommes vêtus de noir et complètement vêtus, chapeaux, cravates et tout. Sur cette plage où tout le monde est à poil, on ne pouvait vraiment pas les manquer. Ils nous ont photographiés, Françoise et moi, mais surtout les enfants, surtout Marc-Andréa. Ils se servaient d'un téléobjectif. Avec le marin, nous avons essayé de les interroger. Ils ont filé, disparu comme des ombres, à croire que nous avions rêvé.

Lavater secoue la tête :

— Franz, j'ai eu une drôle d'impression. Ces deux types avaient vraiment l'air de...

(Il cherche le mot.)

— De corbeaux, dis-je.

J'ai fait faire des recherches, dans Saint-Tropez et aux environs, Gassin et Ramatuelle, en passant par Sainte-Maxime, jusqu'à la Croix-Valmer et Cavalaire. Aucun hôtel n'avait de clients inscrits sous le nom d'Heckl et Jaeckel ; aucun restaurant n'avait vendu de graines à deux corbeaux en cravate. Comment diable deux individus aussi aisément repérables pouvaient-ils passer ainsi inaperçus, au cœur d'une population estivale ? Normalement, ils auraient dû être aussi visibles que deux amiraux soviétiques en tenue de parade dans un camp naturiste. Mais non. Et j'ai commencé à me sentir inquiet, agacé par cette faculté qu'ils ont d'apparaître et de disparaître à volonté.

Je n'étais pas au bout de mes peines...

— Peut-être qu'ils se perchent au sommet des arbres, pour dormir ? a suggéré Marc.

J'ai déjà fait ce genre d'astuce et ça ne m'amuse plus. Le 9 juillet, au lendemain de mon retour à Saint-Tropez, Lavater sait tout de mes aventures. Au vrai, elles l'ont plutôt fait rigoler. C'est toute la différence entre lui et moi, m'explique-t-il entre deux hoquets imbéciles : lui, quand il va au restaurant ne prend *jamais* de giroflées sur la tête, et lorsqu'il se sert d'un train, c'est pour aller au ski.

La malédiction de Cimballi, en quelque sorte.

... Mais il se refuse à prendre tout à fait au sérieux cette cinglée de Dallas. Avec ou sans corbeaux. Que pourrait-elle faire ? L'argent n'est pas tout. Mes affaires américaines sont saines et bonnes, banales. Lui est plus préoccupé de ses coups de soleil ; il est en vacances, se rince l'œil chaque jour sur les plus belles filles du monde et...

— Par la barbe du Prophète ! s'exclame-t-il. Regarde donc qui arrive !

Je lève les yeux et les vois aussi. Plus tard, l'histoire terminée, je m'étonnerai de cette malignité sournoise du destin amenant jusqu'à moi, sans que j'y sois pour quelque chose, les personnages appelés à jouer un rôle.

Sur le moment, je reste bouche bée.

Il y a de quoi.

Le Turc et Ute Jenssen. Lui pèse cent vingt kilos et c'est un prêteur sur gages international, capable de vous avancer dans l'heure un million de livres sterling... à condition que vous soyez assez fou pour les lui emprunter, et absolument certain de pouvoir les lui rendre.

Elle, mesure un mètre quatre-vingt-six sans chaussures et se met à son aise, c'est-à-dire nue, sitôt que la température dépasse cinq degrés centigrades. Ils vivent ensemble à Londres et ont horreur de la chaleur. Vous leur montrez une carte postale des Baléares et ils transpirent aussitôt.

Or les voici à Pampelonne, par trente-cinq à l'ombre, débarquant d'un yacht qui a pour équipage surnuméraire dix à douze donzelles dodues et dorées, économisant au maximum sur les maillots de bain. Sans compter que le Turc (c'est un vrai Turc) porte un grand ruban de mamamouchi, couleur vieux rose. On serait surpris à moins.

— C'est à cause de mon papa à moi, m'explique Ute. Il voulait voir Saint-Tropez et ça nous a pris d'un coup.

Papa Ute est, je crois me souvenir, vendeur d'aspirateurs au porte à porte dans sa ville natale de Kobenhvn, autrement dit Copenhague. C'est un petit bonhomme maigre comme un hibou, l'œil enfoncé dans l'orbite et exprimant une détermination farouche, sinon fanatique. Je ne vais pas tarder à découvrir en quel domaine. Il se jette à mon cou, m'embrasse, embrasse Sarah, Marc-Andréa, Heidi, Françoise et Marc Lavater et même le facteur qui passait par là. Sur quoi il se lance dans une péroraison constituée de borborygmes incompréhensibles (il ne parle que le danois). Je regarde Ute : « Et ça veut dire quoi, au juste ?

— Il va te vendre un aspirateur. Il est en train de t'expliquer les avantages de la marque qu'il représente. Mon papa aime beaucoup vendre des aspirateurs. C'est comme qui dirait une vocation.

Le Turc ricane stupidement :

— Tu n'y échapperas pas, Franzy.

— Ne m'appelle pas Franzy, ça m'énerve.

— Tu n'y échapperas pas. A Hampstead [1], j'ai dû lui en acheter dix-sept, un par pièce. Et il a ravagé tout le quartier de la même façon. Mes voisins ont fini par constituer un comité de défense. Il ne parle aucune langue connue. Nous avons quitté Londres à temps : il voulait s'attaquer à Buckingham Palace. Ce type est un danger public.

La vie est ainsi faite de rencontres et de hasards, qui vous jettent à bas les plans les mieux établis ou au contraire vous fournissent des soutiens inattendus. Car telle est la vérité : contre Patti Hall et ses milliards de dollars, contre son organisation plané-

1. Quartier de Londres.

taire et ses Corbeaux, le Turc, Ute Jenssen et Papa Ute seront trois de mes armes.

Et leur mise en action ne sera pas triste !

Mais le moment n'est pas encore venu. J'étais même convaincu, à cette époque, qu'il ne viendrait jamais. C'est entendu, Heckl et Jaeckel se trouvent probablement quelque part à l'entour, agrippés par leurs ongles en deuil à la branche maîtresse d'un pin-parasol, m'épiant et croassant au téléphone, à l'intention de Patti Hall, les renseignements recueillis sur moi. Et alors ? Je n'ai rien à cacher. Les 9, 10 et 11 juillet, il ne se passe rien. Je fainéante, lézarde, m'acagnarde et joue avec mes enfants, béat. J'ai même réussi à me débarrasser de Papa Ute ; cela m'a coûté cinq aspirateurs, plus un spécial pour la piscine, mais je l'ai finalement envoyé au loin en lui apprenant que chez Enrico Macias et Eddie Barclay, on n'utilisait que des balais-brosses. (Tout ça dans le langage des sourds-muets.) Révolté par cette révélation, il s'est rué à l'attaque, ployant sous vingt-cinq kilos de prospectus en danois.

Le 11 juillet dans l'après-midi, pourtant, premier tintement de la cloche d'alarme...

Tintement discret : Philip Vandenbergh m'appelle transatlantiquement ; ne lui avais-je point annoncé mon retour à New York pour aujourd'hui ? Ou serait-ce demain ? interroge-t-il avec une courtoisie polaire qui m'enrage. En tout cas, le contrat avec Kapicki et la chaîne hôtelière est prêt, il n'attend plus que ma signature, quand lui ferais-je l'honneur de ma visite ? « Rien ne presse, ce n'est tout de même pas à un jour près... »

Il raccroche le premier, à l'évidence convulsé par la colère, ce qui se traduit chez lui par une politesse encore plus exquise. Qu'il aille au diable !

Le même soir, Ute et le Turc donnent une soirée à

bord de leur yacht. Il est trois heures du matin quand me parvient le deuxième appel important.

Là, c'est carrément le gros bourdon sonnant pour les catastrophes. En ligne, Li et Liu. Pour une fois, ils ne font pas du tout les clowns, vraiment pas. Leur voix est glaciale, elle siffle :

— Franz, viens immédiatement, par le premier avion !

— Qu'est-ce qui se passe ?

— Viens le plus tôt possible.

Et de me raccrocher au nez, avec une fureur qui m'inquiète infiniment plus que celle de Vandenbergh.

C'est à cet instant que les hostilités ont véritablement commencé.

La guerre, et quelle guerre !

2

Le vénéneux parfum des traquenards

En matière de finance tout est une question de temps.

P. L. Sulitzer

9

Li et Liu, le 12 juillet, dix-huit heures Pacific Time. En arrière-plan, le fabuleux panorama de San Francisco Bay qui commence à se piqueter de lumière. Et deux Chinois aux visages de bourreaux :

— Franz, nous t'aimons bien. Pour un Occidental, un Grand Nez, tu n'es pas mal du tout. A preuve, nous avons fait et faisons des affaires avec toi. Et nous aimons la rigolade, plus que la moyenne. On se met un gros nez rouge et on fait zimboum-boum. D'accord, mais pas dans les affaires. Dans les affaires, nous ne rigolons pas.

Je ne suis pas moi-même de trop bonne humeur. Je n'ai pas aimé être arraché brutalement à la quiétude tropézienne et j'ai encore moins apprécié le ton sec, presque comminatoire, sur lequel mes associés m'ont convoqué.

« Convoqué », le mot à lui seul m'irrite et c'est pourtant le seul qui convienne. J'ai beau n'avoir que vingt-quatre ans, j'ai le caractère latin et je ne supporte pas qu'on me marche sur les pieds. J'ai traversé l'Atlantique en ruminant ma colère, qui montait au fil des heures, au point que j'ai volontairement perdu du temps à New York, où j'ai fait escale afin de signer les documents préparés par Vandenbergh (Paul Hazzard les avait déjà paraphés). A présent, face aux cousins jumeaux, je dois vraiment prendre sur moi-même pour demander calmement :

— Je peux savoir ce qui se passe ?

Je peux. Il s'agit de la Corée. La direction de l'usine que nous avions tous trois visitée à Busan vient d'annoncer qu'elle ne sera pas en mesure d'honorer notre commande. Elle nous préfère un autre client.

— Ces types nous ont signé un contrat.

— Et nous pouvons leur intenter un procès.

Ils s'en foutent éperdument. Ils l'ont dit avec politesse, mais c'était l'idée générale. Si procès il y a, il se tiendra en Corée. Nous le gagnerons peut-être, mais dans cinq ans. Dans l'intervalle, quelqu'un aura raflé le marché.

Je fouille mes souvenirs : il y avait une autre usine qui convenait, plus au nord, à Inchon, près de Séoul...

— Nous les avons aussitôt contactés. Il y a une semaine, ils étaient libres, morts de faim et prêts à prendre n'importe quoi. Plus maintenant : ils viennent de signer un contrat de trois ans avec une compagnie américaine...

Qui leur fera fabriquer je ne sais trop quel machin électronique. Je demande :

— Quelle compagnie ?

— Une boîte d'électronique californienne appartenant à un holding ayant son siège à Fort Worth.

C'est-à-dire en vue directe de Dallas. Je demande encore :

— Le groupe Hall ?

Li et Liu ne répondent même pas. A quoi bon ? Je connais la réponse aussi bien qu'eux. D'autant qu'ils ajoutent :

— Nous avons demandé à notre correspondant de Séoul, Yi Gwang, d'enquêter sur place. Il est formel sur deux points : aucune usine coréenne n'acceptera de travailler pour nous, et d'un. Et de deux : aussi bien à Busan qu'à Inchon, tout a été réglé en présence de deux hommes. Ceux que tu appelles les Corbeaux.

Ils disent aussi :

— C'est ton affaire, Franz, ta responsabilité. Nous

voulions prendre position sur le marché du jouet, depuis longtemps. Nous avons investi du temps dans des recherches, des études de marché. Nous avons négligé d'autres créneaux. Nous étions prêts à y aller seuls et tu nous as proposé d'entrer dans le coup avec nous. Tu avais des idées marrantes et de l'argent, nous te connaissions bien. Et maintenant, uniquement par ta faute, nous sommes bloqués. Nous ne sommes pas contents du tout, Franz.

— Autrement dit, c'est à moi de me débrouiller tout seul, c'est ça ?

— Tout seul. Et vite. Ta bagarre avec la fille Hall ne nous regarde pas, nous n'avons pas à en subir les conséquences. *Franz ?*

— Oui.

— Arrange-toi pour qu'on continue à t'aimer bien. Nous ne voudrions pas te trouver antipathique.

Leurs yeux rétrécis regardent droit dans les miens. Ils ne plaisantent pas, je le sais. Et quant à ce qu'ils viendraient à faire, si d'aventure ils me trouvaient antipathique, j'aime autant ne pas le savoir.

J'ai déjà vu des Chinois fous de rage. Merci bien.

Un peu plus tard, au téléphone, alors que je suis déjà sur le point de repartir de San Francisco :

— Sarah ? C'est à Marc que je voudrais parler.

Elle comprend au seul ton de ma voix, et d'ailleurs mon départ précipité de Saint-Tropez l'avait évidemment alertée :

— Quel genre d'ennuis ? Gros ?

— Visibles à l'œil nu, pour l'instant. Passe-moi Marc, s'il te plaît.

Une minute d'attente. L'aéroport de San Francisco est sale et bruyant. La nuit est tombée. Marc vient enfin en ligne :

— Je dormais à poings fermés. Il est six heures du matin, ici !

— Dans ce cas, habille-toi. Rentre à Paris, je t'en prie, par le premier avion. Le plus tôt possible, fais-moi parvenir — très discrètement — une liste complète des pays où l'on peut faire fabriquer au meilleur prix des jouets à base de micro-processeurs. Fabrication et montage. Corée du Sud exclue.

— Patti Hall a engagé le combat ?

— Oui. Grouille-toi, s'il te plaît.

— Je te joins où ?

— Dallas.

Appel suivant pour Paul Hazzard que je réussis à toucher à San Antonio :

— Paul, Marc Lavater va t'adresser, d'ici à quelques heures, des informations que je lui ai demandées. Tu peux faire en sorte que ces informations restent très secrètes, qu'elles puissent te parvenir de jour ou de nuit à n'importe quelle heure, et m'être ensuite transmises sans interférences ?

— Et moi, comment saurai-je où tu seras ?

— Je serai avec toi, mon petit. Je pars, je suis déjà parti et je débarquerai à Dallas cette nuit. Rendez-vous demain matin.

— Sur le terrain ?

— Va pour le terrain. Sept heures.

Troisième appel. Pour Londres.

Ça sonne interminablement, on se décide enfin à décrocher, je tombe sur un valet de chambre complètement abruti de sommeil : « Non, Sa Seigneurie n'est pas à Londres...

— Dans le Kent, alors ?

La voix très britannique bredouille je ne sais quoi. Impatienté, je raccroche et forme le numéro du Kent, celui du château ancestral de Sa Seigneurie.

Elle vient Elle-Même en ligne. Moi, je l'appelle tout simplement l'Anglais. Aristocrate en diable, il est surtout le meilleur détective privé du monde :

— Ils sont deux. Heckl et Jaeckel.

— Des noms tout à fait ridicules, si vous voulez mon avis, monsieur Cimballi.

— Je ne sais ni leurs prénoms, ni leur adresse, ni

leur raison sociale. Heckl et Jaeckel, de Dallas-Texas, débrouillez-vous. Je veux tout savoir d'eux, si possible depuis leur naissance et surtout depuis le 1er juillet dernier. Ce qu'ils ont fait, qu'ils font ou vont faire. Tout.

— Et vous voulez cela pour hier, comme d'habitude.

— Hier matin si possible.

Avec tout le flegme du monde :

— C'est comme si c'était fait.

Je cours et saute juste à temps dans l'avion de Dallas.

A L'ATTAQUE, CIMBALLI !

Non mais !

10

Je les avais oubliés, ceux-là ! Ou bien c'est Paul Hazzard qui aura oublié de m'en parler. En tout cas, ils sont là, parlant français avec l'accent américain et l'anglais avec des intonations de Basse-Normandie — à moins que ce ne soit de Haute-Garonne. Ils ont fait le tour du vieil immeuble de brique, sont entrés, ont flanqué quelques coups de pied çà et là et sont ressortis l'air très satisfait :

— Facile. Enfantin. Vous nous dites quand vous êtes prêts et on se met au travail.

Ce sont des dynamiteurs d'immeubles. Il n'y a pas de meilleurs spécialistes sur la planète — ce sont eux qui le disent et tous ceux qui ont utilisé leurs services acquiescent. Ils sont français. Parlez-leur de tous ces beaux militaires qui partout dans le monde écrabouillent *con alegria* des villes entières et ils ricanent : « Des amateurs. Nous, nous sommes des artistes. On met les charges où il faut, juste ce qu'il faut et votre immeuble s'affaisse comme un château de cartes. Plouf ! Ça ne prendra pas cinq secondes. Et pas une vitre brisée aux environs. »

Je suggère le 14 juillet pour le grand Plouf, mais c'est demain, et les délais sont trop courts. On convient du 18. Paul et moi repartons ensemble.

— Des ennuis, Franz ? Au téléphone hier soir, tu crachais des flammes.

— Sur une autre affaire.

— Pas de nouvelles de Lavater. Mais j'ai passé la consigne. Discrétion assurée.

— Merci. Il ne va pas tarder à appeler. Paul, ces ennuis que j'ai ailleurs me sont causés par ta copine, que le diable la patafiole.

Silence. Nous n'allons pas recommencer une discussion que nous avons déjà eue, au sujet de ce que Patti fera ou ne fera pas à Dallas. Mais je n'en pense pas moins.

Et si je dynamitais les Corbeaux ?

(Je plaisante. Quoique...)

— Je ne vais pas quitter le futur chantier, dit Paul. Quitte à m'y installer dans un camping-car. Ça te rassure ?

Téléphone à la seconde même où nous regagnons sa voiture. Paul décroche et me tend presque aussitôt le récepteur.

Voix de Marc Lavater, très anormalement surexcitée. Il récite le bon vieux La Fontaine :

— *Maître corbeau, sur un arbre perché...*

— Marc, tu as bu ou quoi ?

Il voit des corbeaux partout, dit-il. Et commence lui aussi à prendre ces bestioles en grippe...

— Ça a commencé alors que je venais de quitter Saint-Tropez pour Nice, où je devais prendre mon avion pour Paris. Des flics m'ont intercepté, moi seul, entre des milliers d'autres voitures. Ils m'ont fait stopper, fouillé, ils ont vérifié à n'en plus finir mon identité et ma voiture. Ils pensaient y trouver de la drogue, figure-toi, et agissaient sur information. Bien sûr, j'ai fini par me débarrasser d'eux, mais j'ai raté mon avion. J'ai voulu louer un appareil privé mais quelqu'un était passé avant moi et avait réservé tout ce qui était en état de voler.

... Si bien qu'il n'a pu quitter Nice qu'en fin de matinée, sur intervention d'un ponte d'Air Inter. Mais à Paris, il est tombé sur une nouvelle version d'Hellzapoppin. D'aimables farceurs avaient eu l'idée amusante de convoquer d'urgence une vingtaine d'entreprises de peinture, plus une horde de décorateurs-ensembliers, plus un nombre indéterminé d'autres entreprises spécialisées dans les installations téléphoniques et le matériel de bureau. Sans compter les livreurs de fleurs — par camions entiers, réglés d'avance —, et les traiteurs (également payés d'avance) à qui on avait commandé la bagatelle de soixante et quelques buffets campagnards pour chacun cent personnes. Plus la quasi-totalité des agents immobiliers de Paris et des environs — du moins les rares qui, en juillet, ne sont pas dans leur villa des Bahamas ou leur château en Ecosse. Plus une centaine de secrétaires intérimaires mandées d'extrême urgence...

— Franz, il y a de quoi devenir fou. Ça n'arrête pas. L'escalier est noir de monde. Toutes nos lignes téléphoniques sont bloquées par des petites annonces passées dans tous les journaux. Y compris mes trois lignes privées, dont tu es pratiquement le seul à connaître les numéros. Il y a un quart d'heure, nous avons eu la visite du SAMU et à présent — tu dois propablement entendre leur sirène — ce sont les pompiers qui débarquent. Ils ont du mal à se frayer un passage à cause de la centaine de voitures de location que quelqu'un nous offre pour la journée. Payées d'avance, elles aussi. Et je ne te parle que pour mémoire des prêtres et ministres de toutes confessions imaginables accourus à mon chevet. On m'a offert onze fois l'extrême-onction.

Marc a finalement été contraint de fuir son bureau. Il s'est réfugié chez des amis, un peu plus loin sur l'avenue Montaigne, et c'est de là qu'il m'appelle. Pour ce que je lui ai demandé — des pays où faire fabriquer et monter des jouets — il a quand même réussi à s'en occuper, mais avec du retard, forcément.

— Je peux te rappeler dans une heure ? J'aurai ta liste.

Je donne mon accord et lui demande de me joindre à nouveau sur le téléphone de la voiture de Paul, de préférence à un numéro de chambre d'hôtel où je crains, disons des interférences.

Je raccroche, partagé entre l'irritation et l'hilarité. La gaieté finit par l'emporter, malgré tout. Les Corbeaux ont certainement déboursé pas mal, mais ce n'est pas l'argent qui leur manque. Et je vois bien que cette attaque des opérations sur le théâtre parisien n'est qu'une simple escarmouche, une petite pique sans autre but que de me prouver leur omniprésence et leur toute-puissance. Une façon de me dire : nous savons tout de vous, Cimballi, jusqu'aux numéros de téléphone confidentiels de Lavater, nous pouvons frapper où bon nous semble, quand nous voulons, de toutes les manières...

... Et nous savons comment vous allez chercher à débloquer la situation, dans le domaine des jouets. Nous le savons, nous avons tout prévu et nous vous attendons.

Paul Hazzard n'a évidemment rien saisi de ma communication avec Marc. S'il sait l'espagnol, il ignore le français — sauf : « Oh-là-là-c'est-l'amour. » Le récit que je lui fais des mésaventures lavatériennes le met presque à ma hauteur — je veux dire : le plie en deux. Entre deux hoquets :

— Ça, c'est sûrement une idée de Patti. Elle a fait le même coup à Lyndon Johnson pendant qu'il était en vacances au Texas. Je t'avais prévenu qu'elle a un sens de l'humour assez spécial.

— Considère-moi comme mort de rire.

Mais j'ai la tête ailleurs. Dans tout ce que m'a dit Marc, un point notamment a attiré mon attention, m'a mis en alerte : cette histoire d'avion de ligne et d'avion privé. Ça m'inquiète bougrement. Il ne manquerait plus que je sois condamné à l'immobilité, faute de pouvoir monter dans un aéroplane. Je fouille mon carnet d'adresses...

Il s'appelle Flint et c'est un pilote, au demeurant milliardaire. Mais capable de prendre les commandes de n'importe quoi, de la tondeuse à gazon (la sienne a la télévision couleur) jusqu'au Concorde. Il me dit depuis la Floride : « Je ne crois pas que je trouverai un Concorde à louer. En revanche, ça t'irait, un Boeing 707-320 B/C Intercontinental ? »

... Eh oui, il peut se trouver à Dallas, avec son zinc, d'ici sept à huit heures. Je peux compter sur lui.

Et compter aussi sur autre chose : il m'étonnerait tout de même beaucoup que Patti Hall, quelles que puissent être ses relations au Pentagone, parvienne à lancer contre moi les escadrilles d'assaut du Strategic Air Command de l'U.S. Air Force.

On s'en souvient, l'affaire immobilière que nous sommes en train de monter à Dallas comporte deux séries d'emprunts distinctes.

La première est destinée à financer l'achat du terrain. Cette opération-là est achevée, Jimmy Rosen a fait le nécessaire, avec ses façons de fourmi laborieuse. Tous les documents ont été signés, l'argent est désormais versé. Rien ne cloche.

La deuxième couvre le financement de tous les travaux, depuis la mise à bas du vieil immeuble qui sera dynamité le 18 juillet prochain, jusqu'aux travaux de construction et d'équipement de la tour. Nous avons besoin de quarante millions, dont trente-deux (le reste est versé cash) doivent provenir d'une banque de New York, auprès de laquelle Jo Lupino a effectué les négociations nécessaires.

Non sans succès, la preuve en étant que nous le trouvons installé dans la suite que j'ai réservée au *Fairmont* de Dallas. Il est accompagné d'un fondé de pouvoirs représentant la banque new-yorkaise. Il est huit heures quarante du matin, le 13 juillet. Un quart d'heure plus tôt, j'ai eu Marc Lavater au téléphone et il m'a raconté la tornade qui s'est abattue sur ses bureaux. Il doit me rappeler dans une quarantaine de minutes. J'ai mis un groom en faction auprès de la voiture de Paul. Le garçon m'a pris pour un fou.

A son habitude, Jo Lupino est d'excellente humeur. De mes trois avocats d'affaires américains, c'est celui dont je suis le plus proche, au plan des relations humaines ; sans doute à cause de son ascendance italienne, ou peut-être en raison d'un sens de l'humour dont sont totalement dépourvus Rosen et surtout Vandenbergh.

Non content de s'être installé sans vergogne dans mon appartement, il a passé commande au service d'étage d'un petit déjeuner double qui rassasierait un village mexicain. Il adore boire et manger à mes frais, et ne regarde jamais à la dépense, dans ces cas-là.

— Tu devrais goûter ce caviar, me dit-il. Pour le champagne, en revanche, pas terrible. Mais ces fraises des bois qu'ils font venir de l'Ontario sont fabuleuses...

Et en plus, Monsieur a affrété pour venir de New York avec son banquier un avion-taxi qui va me coûter les yeux de la tête ! Je remarque avec aigreur :

— Avec un ami comme toi, qui aurait besoin d'ennemi ? Les cigares de l'hôtel te suffisent ou je dois téléphoner à Fidel Castro pour t'en avoir d'autres ?

Je lui fais de la peine, dit-il. Il me trouve un peu radin, depuis quelque temps. Après tout, qui a obtenu un crédit de trente-deux millions de dollars en deux temps trois mouvements, sinon le gentil-génial-fidèle Jo Lupino ?

— Tout est prêt, Franz. Vous n'avez plus qu'à signer, Paul et toi.

Mais je ne signe jamais rien sans avoir lu et relu quatorze ou quinze fois. Et quand j'ai fini, je recommence. De son côté, Paul Hazzard est assisté de l'un de ses conseillers, qui nous a rejoints à notre arrivée au *Fairmont*. Nous nous plongeons dans la lecture, nous y sommes encore quand on téléphone du garage.

C'est le groom de faction : ça fait dring-dring dans la voiture, dit-il.

Marc Lavater de Paris :

— J'ai ta liste. Tout y est. Il ne manque plus que les ratons laveurs. Si tu as vraiment le projet d'aller dans tous ces pays, tu ferais mieux de t'acheter ton avion personnel.

— J'en ai loué un.

Ça lui cloue le bec.

— Flint est en train de faire le plein. Marc, je ne veux pas qu'il m'arrive ce qu'ils t'ont fait à Nice. Surtout si je me trouve à l'autre bout du monde, dans un coin perdu où le pain et *L'Equipe* sont apportés une fois par semaine par des corbeaux.

— Hilarant, dit-il lugubre. Cette histoire prend des proportions invraisemblables, et inquiétantes. Tu es sûr de ne pas vouloir laisser tomber ? Aller demander pardon à Patti ?

— Plutôt crever. La liste, Marc.

Je note les noms des pays. Assis dans cette voiture en stationnement dans un garage souterrain, j'ai vraiment l'air d'un espion. La liste est interminable, à peine moins longue que l'annuaire des Nations Unies.

— La quasi-totalité de ces pays peut convenir, à des degrés divers, fait Marc. Certains peuvent fabriquer, mais pas monter tes foutus jouets. D'autres, c'est le contraire. Il faudrait étudier chaque cas séparément. Je peux le faire, avec un peu plus de temps. Et surtout sans ces trois mille cinglés qui assiègent mes bureaux en ce moment même...

C'est justement ce qui me manque le plus : le temps.

— Marc, tu aurais dû voir les gros yeux bridés de Li et Liu. Ils sont furieux, jamais je ne les ai vus ainsi. En plus, ce sont mes amis, et je tiens à leur amitié. Je commence par où, à ton avis ?

Il a son idée sur le sujet, m'indique un pays entre tous les autres. Il tient l'information de l'un de ses amis, conseiller au ministère du Commerce extérieur français. Je note.

— Bon voyage, dit Marc. Au pluriel, « voyages ».

Nous avons signé, Paul et moi. Le banquier new-yorkais s'en est allé. Nous sommes alors revenus à l'étude du projet lui-même. Pas de gros problème quant à la construction de la tour elle-même : nos propres architectes et ceux de Kapicki se sont déjà concertés et leurs vues initiales sont assez proches.

Le seul point encore en suspens concerne le parc de stationnement imposé par les règlements de la commission des permis de construire. Mais Paul a déjà fait l'essentiel en prenant une autre option, sur une parcelle exactement adjacente au terrain, et il se fait fort de régler la question.

En revanche, il éprouve plus de difficultés à réunir les quatre millions de dollars qui représentent sa quote-part du versement au comptant. Nous convenons que je lui prêterai un million à six pour cent. Ce qui lui permettra de continuer à manger tous les jours (il a un gros appétit, vu sa taille). En échange, il sera constamment présent sur le chantier de Dallas, veillera à tout, se méfiera de tous... et de toutes, tandis que je me baguenauderai à travers le monde.

Vers trois heures de l'après-midi, Flint m'appelle de l'aéroport :

— On est là, mon aéroplane et ton serviteur, on part quand tu veux, où tu veux.

Je m'offre une fantaisie : mobilisant toutes les standardistes de l'hôtel je demande une place — au nom de Franz Cimballi — sur tous les vols de toutes les compagnies quittant Dallas au cours des prochaines vingt-quatre heures. Réponse systématique : tout est absolument plein, désolé pour M. Cimballi. Sauf si je veux aller à Fairbanks-Alaska ; il y a de la place, tant que je veux. Ça tombe bien : je n'ai rien à y foutre.

L'épidémie touche également les avions privés : tout est loué, retenu à prix d'or. Je ricane...

Et, à Flint qui me demande où je veux aller vraiment, je réponds :

— N'oublie pas de survoler la clinique du Belvédère à Billancourt. Nous partons pour Singapour.

11

Escales techniques à Honolulu, Tokyo et Manille : la Cimballi Special Air Force se pose à Toa Payoh, aéroport de Singapour, le 14 juillet à seize heures, heure locale — trois heures du matin à Dallas, dix heures du même matin (le 14) à Paris.

Flint a pris son temps, mais son Boeing de location bat de l'aile, à l'en croire. Il n'a pas trop confiance en son appareil (il n'a confiance en *aucun* appareil). Avec son optimisme habituel, il m'a prévenu durant le vol : si nous ne nous écrasons pas dans les montagnes Rocheuses, nous tomberons sans doute dans la jungle des Philippines, à moins que nous ne plongions dans la fosse des Mariannes, par onze mille mètres de fond. C'est l'un des avantages de Flint : avec lui on a tellement peur qu'on n'a pas le temps de s'ennuyer pendant le vol.

Ce n'est pas un pilote ordinaire, j'ai dit qu'il était milliardaire. Il l'est sans l'être : s'il est bel et bien propriétaire d'une fortune dépassant les quinze cents millions, il n'en a que l'usufruit, mesuré avec parcimonie par les fidéicommissaires. Sage précaution de sa famille : livré à lui-même, il jetterait son argent par les hublots, car il est fou d'avions.

— De deux choses l'une, dit-il en coupant ses moteurs : on est à Singapour ou bien c'est la Nouvelle-Zélande. J'aurais peut-être dû tourner à droite, à un moment...

Je ne sais même pas s'il plaisante. Sarah a raison : comment est-ce que je m'arrange pour toujours tomber sur des cinglés ? (Sarah répond immanquablement à ce genre de questions : « Parce que tu es cinglé toi-même, mon bonhomme. ») Mais Dieu merci, nous sommes bien à Singapour. Et vivants.

Il ne me reste plus qu'à trouver le Wang Machin Chose dont l'ami de Lavater nous a indiqué le nom.

De préférence sans Corbeaux perchés sur un palmier, et ricanants.

Singapour est une île, à la pointe sud de la Malaisie — à quoi elle est reliée par une chaussée de même pas un kilomètre et demi qui, outre une route et une voie ferrée, supporte le pipe-line alimentant l'île en eau. Devant donc, la Malaisie ; à droite à une heure, l'Indochine ; toujours à droite, mais à quatre heures, Bornéo ; et derrière à gauche, cent quarante millions d'Indonésiens observant avec concupiscence l'île singaporienne, où le revenu est le plus élevé d'Asie après le Japon.

C'est plein de Chinois, un million deux cent mille, quatre-vingts pour cent de la population. Il me faut en extraire un et j'en sais peu de choses : l'homme du Commerce extérieur ami de Lavater ne s'est pas trop étendu, il avait l'air de croire que ce serait très simple. Wang a les yeux bridés, des bureaux du côté d'Orchard street ; il possède une maison sur une île, il joue au golf. C'est maigre. A l'aéroport où j'ai laissé Flint en train de flanquer des coups de pied à sa « saloperie d'avion », j'ai pris un taxi à toit jaune, hésitant entre deux destinations : Orchard street et le *Raffles Hotel*, dont je connais le nom comme on connaît le *Peninsula* de Hong Kong, le *Mamounia* de Marrakech ou le *Connaught* à Londres. Comme j'ai férocement envie d'une douche, je choisis l'hôtel...

Palmiers nains et fleurs tropicales, pankas et fauteuils-paons, employés en dolman et calottés à la malaise, le *british empire* me saute, dès l'entrée, à la figure. Ne manquent plus que les colonels en retraite de l'Armée des Indes, teint rubicond et blanches moustaches de phoque et, *by Jove !* j'en vois même un, sirotant comme il se doit le *high tea* de cinq heures. Je me présente à la réception :

— Je n'ai pas de réservation mais je voudrais néanmoins une suite. Mon nom est Cimballi.

Le portier aux clés d'or me dévisage :

— Mister Franz Cimballi, de Saint-Tropez ?

Ce que c'est que d'être célèbre, tout de même ! Le réceptionniste ajoute :

— Votre appartement est prêt, monsieur Cimballi.

Et il me tend une enveloppe. Je l'ouvre. Elle contient une photo dédicacée : « TO CIMBALLO WITH LOVE, Patti. »

J'ai bien failli repartir sur l'heure, remonter dans un taxi puis dans l'avion de Flint, demander à ce dernier de me parachuter au-dessus de Pampelonne, qui ne se trouve jamais qu'à cent millions de kilomètres de Singapour. Mais j'ai d'abord pris ma douche et c'est revenu, ce que j'appelle mon ivresse féroce et gaie, qui date de mes débuts, quand de Londres, sous une pluie battante, on m'a expédié au Kénya sans un centime en poche, voici quatre ans.

Autrement dit, j'ai décidé de relancer la danse à laquelle me convie Patti Hall. Je me suis accroché à ce nom, Wang Machin Chouette, et j'ai décidé de le retrouver, quitte à interviewer un par un chaque Chinois de Singapour ; et, l'ayant retrouvé, je suis déterminé de même à l'entendre dire de sa bouche, yeux dans les yeux, qu'il refuse de fabriquer mes jouets parce que les Corbeaux l'ont convaincu que j'ai la peste.

Dans l'annuaire, je trouve dans les six cents noms

strictement identiques. J'interroge le standard de l'hôtel, l'ambassade de France (fermée), l'Office du Tourisme (fermé), la Chambre de Commerce (fermée), l'église méthodiste ou presbytérienne (pure fantaisie de ma part, mais c'était fermé aussi, de toute façon). Je passe trente coups de téléphone, dont quelques-uns à des détectives privés...

... Et c'est alors seulement que je pense — comme tu es bête, Cimballi ! — au golf.

Ça marche.

Il me demande :

— Vous jouez ?

— La dernière et la seule fois où j'ai pris un club et tenté de frapper une balle, il a fallu une pelle mécanique pour me déterrer.

Il rit poliment. C'est évidemment un Chinois, dans les cinquante ans, au visage lunaire, mais très vif, à tous égards :

— Vous auriez demandé Timmy Wang, même le chef barman du *Raffles* vous aurait dit où me trouver...

Je meurs de soif. Dans le jour déclinant, j'ai arpenté les greens à user mes jambes jusqu'aux genoux. Il m'invite à prendre place dans sa voiture électrique. J'hésite un court moment à poser la question, craignant la réponse, mais, étant donné le peu de salive qui me reste, autant l'économiser, d'autant que vient de se lever ce qu'à Singapour on appelle la « brise du soir », qui est chaude comme une langue de chien :

— Vous connaissez deux hommes nommés Heckl et Jaeckel ?

— Je devrais ?

— Vous ne les avez jamais rencontrés, vous n'avez jamais eu affaire à eux, jamais entendu leurs noms ?

Jamais, dit-il. J'avale une grande goulée de la brise du soir singaporienne :

— Et vous pourriez me faire fabriquer des jouets à micro-processeurs ?

— Autant que vous voudrez.

C'est presque trop beau pour être vrai.

Deux heures plus tard. A l'aéroport, Flint a retrouvé un pilote australien qu'il a connu je ne sais où. Les deux hommes me rejoignent au *Raffles* mais l'Australien, qui s'appelle Harmon, est un familier de Singapour. La seule idée de passer la soirée dans le vieil et cérémonieux hôtel lui donne des boutons, et il se porte volontaire pour conduire une virée dans *Singapore by night.*

Pourquoi pas ? Je suis d'ailleurs trop énervé pour dormir. Flint m'a demandé : « Tu as trouvé ce type que tu es venu voir ? — Oui. Mais il avait un dîner ce soir. Nous nous revoyons demain matin. »

En tout et pour tout, Wang m'a accordé une vingtaine de minutes, courtoisement désolé de ne pouvoir faire davantage : s'il avait su que je venais...

Il n'a pas lui-même d'usine ; en réalité, il est transitaire, s'occupe surtout d'import-export, échangeant des feuilles de latex par milliers de tonnes contre de l'huile de palme (ou le contraire, je ne sais plus). Toutes informations qui m'ont, sur le moment, laissé d'une indifférence minérale...

Harmon commence par nous emmener dîner. Il a des goûts exotiques et comme Flint et moi aimons la cuisine chinoise, il nous traîne du côté de New Bridge Road, dans l'ancien Chinatown en voie de disparition — dommage. C'est diablement pittoresque, d'une animation échevelée mais, après quelques *campés* (petits verres d'alcool de riz qu'on ingurgite entre chaque plat), je commence à me sentir à mon aise, ce que je n'ai jamais réussi dans aucun pays d'Asie. J'en arrive même à manger de l'iguane, ou du serpent, allez savoir, qu'on a pelé et découpé vivant sous mes yeux.

... Timmy Wang n'a pas d'usine mais il connaît quelqu'un qui en a une et qui pourra, m'a-t-il juré, me fabriquer tout ce que je voudrai. A coup sûr et sans le moindre problème. J'ai sa parole : « Je ne sais pas ce que vous craignez, monsieur Cimballi, mais vos craintes ne sont pas fondées. Aucune intervention de vos concurrents, sous quelque forme que se soit, ne pourra rien changer. »

— Sago street, la Rue de la Mort, dit Harmon. Quand vous êtes chinois et très vieux, c'est ici que vous venez attendre de mourir, puisque mourir chez soi attire le malheur sur votre famille...

L'Australien a déjà englouti assez d'alcool pour faire flotter une jonque ; Flint n'est pas mal non plus et même moi qui ne bois guère, je flotte...

Au propre et au figuré : dans sa frénésie d'exploration touristique, Harmon nous a finalement embarqués sur un sampan, et nous avons pris le large. La nuit est claire. Nous sommes aux abords d'un *kelong*, un village de pêcheurs installé en pleine mer, sur des pilotis, et lesdits pêcheurs relèvent leurs filets, trient leurs poissons, chantent au son des guitares. D'accord, c'est très beau, mais je n'ai vraiment pas le cœur au tourisme ; j'ai hâte d'être à demain. Je l'ai dit : dans cet immédiat acquiescement de Timmy Wang à mes demandes, il y avait quelque chose de trop facile, trop pour être vrai. Je m'angoisse...

Au point de faire répéter Harmon, qui dit :

— Je voulais en avoir le cœur net, et c'est la raison de cette croisière, mais j'en suis sûr à présent, on nous suit...

Des *quoi ?* Il me dévisage avec surprise : non, il n'a vu aucun corbeau. Mais en revanche, quatre ou cinq Chinois ne nous ont pas lâchés depuis notre sortie du *Raffles*.

Il est temps de rentrer. Sur tout le chemin du retour

à l'hôtel, la sensation est très forte, d'un danger imminent. Rien n'arrive, pourtant. Je m'enferme dans ma chambre.

C'est l'Anglais au téléphone qui m'éveille le lendemain :

— A Singapour, dit-il, je ne saurais trop vous conseiller d'aller visiter le Parc aux Oiseaux de Jurong, à Jalan Ahmad Ibrahim. Sans parler de la Maison de Jade. Et vous devriez également faire un tour en téléphérique, celui qui va du Faber à l'île de Sentora. La vue est superbe...

Bon sang, est-ce que je paie ce zigoto uniquement pour qu'il me tire du lit et joue les guides touristiques ? Mon irritation le laisse de marbre. Il rit, de son rire volontairement bête d'ancien des grandes *public schools* anglaises :

— Je tenais à vous faire part d'une découverte que je viens de faire : les Corbeaux sont des oiseaux migrateurs, d'une grande curiosité...

Ce qui veut dire ? Et d'abord, où est-il ?

— Tokyo, monsieur. Je viens d'y arriver. Quand et comment puis-je vous voir ?

Certaine inflexion de sa voix m'alerte : il parle comme quelqu'un qui sait qu'il y a quelqu'un d'autre sur la ligne, à l'écoute. Je demande :

— Vous pouvez venir jusqu'ici ?

— D'accord. Demain en début d'après-midi.

Il met fin à la communication sans plus de commentaires. Je crois avoir compris ce qu'il a voulu me dire : il a lui-même été repéré par Heckl et Jaeckel, qui le surveillent. C'est le monde à l'envers. Et c'est irritant, voire inquiétant.

Mon rendez-vous avec Timmy Wang est pour onze heures. Je n'ai rien à me reprocher : pour plus de sûreté, j'ai même téléphoné une heure plus tôt, à dix heures, à son bureau, dont il m'a indiqué le numéro.

Une voix de femme m'a très courtoisement répondu en anglais qu'elle était au courant de ma prochaine rencontre avec son patron, qu'elle s'apprêtait justement à me joindre, qu'il y avait toutefois un petit changement : « M. Wang a pensé que pour gagner du temps, il valait mieux se retrouver directement à l'usine. Je me ferai une joie de vous piloter. Et je passe vous prendre à votre hôtel... »

J'ai des doutes, bien sûr, je me méfie ; je me dis que dans la touffeur singaporienne flotte peut-être le vénéneux parfum des traquenards. Mais elle me sourit dans le hall du *Raffles,* petite, ravissante, fragile, une vraie madone aux yeux bridés.

Nous voilà partis en voiture, elle au volant. Nous dépassons la cathédrale Saint-Andrew et le Victoria Memorial, la mosquée du Sultan et le stade Jalan Besar. Nous traversons le pont Merdeka, nous roulons au nord-ouest. « Nous allons, dit-elle, de l'autre côté du détroit de Johore, dans les îles. L'usine est là-bas.

— On y va comment ? En bateau ?

— A bord de l'hydravion de M. Timmy Wang.

Je perçois de mieux en mieux le vénéneux parfum, ou bien est-ce une fausse impression ?

Bedok, Yan Kit, Kampong Loyang : je découvre une rivière marécageuse dans la baie de Serangoun. L'hydravion s'y trouve. La demoiselle stoppe, me sourit. Et une nouvelle petite lampe rouge s'allume dans ma tête : « *C'est un piège, Cimballi ! Fiche le camp !* » Mais dans la seconde, un Chinois massif surgit, tenant à bout de bras ce qui est incontestablement une arme. La madone incline la tête avec grâce : « Je vous en prie, monsieur Cimballi... »

Un tout petit sampan nous amène à l'hydravion. J'y monte. Il y a un pilote européen aux cheveux roux, en compagnie de deux autres Asiatiques aussi volumineux que le précédent, et pareillement armés. Pas un mot n'est prononcé. On me fait signe de prendre place. Je peux encore croire — très faiblement — que la situation est normale... A ceci près que très vite mes derniers espoirs s'écroulent : au lieu de voler au nord, l'appareil fait route au sud-est, survolant ce qui doit être la mer de Chine méridionale. Et ça n'a pas de sens, c'est grotesque.

Deux ou trois heures plus tard, cependant, le même hydravion redécolle...

Sans moi. Il vient de m'abandonner sur une île à peine plus grande que la place de la Concorde à Paris, en compagnie de quatre pêcheurs rigolards et fort aimables au demeurant, ne parlant qu'un baragouin incompréhensible.

Renseignements pris — par gestes — je constate que je me trouve désormais quelque part au large de Bornéo. Et gagner Bornéo, puis de là la civilisation, me prendra au plus trois semaines, à condition que les pêcheurs aient d'ici là fini leur campagne. A moins que je ne parte seul, à la nage, au prix d'une transaction avec les requins.

12

L'Anglais me sourit et remarque :

— Je ne vois vraiment pas de quoi vous pourriez vous plaindre. Votre situation aurait pu être pire : après tout, cet îlot où vous étiez est en territoire indonésien ; les autorités de Djakarta pourraient vous reprocher d'y être allé sans visa.

Je lui fais l'œil romain. Ce n'est pas le moment de se payer ma tête, en plus. Nous survolons ce qui doit être Sumatra. Derrière nous, le petit archipel des Kepulauan Anambas (ça s'écrit n'importe comment et se prononce de même) vient de disparaître dans la splendeur bleue de la mer de Chine.

Non, dit l'Anglais, la chance n'a rien à voir dans le fait qu'il m'ait retrouvé si vite. Aussitôt qu'à Tokyo il a constaté qu'il était lui-même sous surveillance, il a pensé que quelques précautions ne seraient pas inutiles, tant ces Corbeaux semblaient informés et ingénieux. Il a travaillé à Singapour dans le temps (peut-être dans les services secrets, mais il n'en dira jamais plus), il y a conservé des amis : « A l'un d'entre eux, j'ai demandé de garder un œil sur vous. Il l'a fait. Il est arrivé au *Raffles* juste à temps pour vous en voir partir avec votre madone. Il vous a suivis jusqu'à Serangoun. Jusqu'à l'hydravion... Il a identifié l'appareil et son pilote, et dès mon arrivée nous sommes allés ensemble interviewer le rouquin. Il ne savait pas grand-chose : on les avait loués, lui et sa machine,

“ pour une blague ”, et pour dix mille dollars. Il ne s'est pas du tout fait prier pour retourner à cette île où il vous avait laissé. En fait, il ne demandait pas mieux, il se voyait déjà inculpé de complicité d'enlèvement. Vous voulez mon avis ?

— Allez-y.

— Les Corbeaux savaient très bien qu'on vous récupérerait assez rapidement.

— En somme, ils m'ont simplement fait une blague.

— Ce n'est pas leur genre. J'ai parlé à ce pilote australien, Harmon. Et lui m'a parlé de ces Chinois qui vous ont suivis, la veille de votre enlèvement. Vous pourriez décrire ceux qui se trouvaient à bord de l'hydravion, avec le rouquin ?

— C'étaient des Chinois.

Rire idiot à la mode d'Oxford : « Avec un signalement aussi précis, leur arrestation ne sera qu'une question d'heures. »

... Mais quant à nos chances d'établir le moindre lien entre mes ravisseurs et les Corbeaux, elles frisent le zéro absolu. Je peux déposer une plainte. Mais j'y gagnerai quoi ? Le principal résultat sera de faire crever de rire tous ceux qui me connaissent dans le monde, et qui n'auront pas fini de se marrer en m'imaginant sur mon île encerclée par les requins ; ils seront enchantés d'apprendre que « Grand Petit Cimballi Rusé », comme disent Li et Liu, s'est fait rouler de la sorte. Laissons tomber.

Mieux vaut me préoccuper de retrouver Timmy Wang.

Chou blanc. Il n'est plus à Singapour, nulle part ; il s'est volatilisé. A ses bureaux d'Orchard street, on me regarde avec stupéfaction : oui, M. Wang avait bien rendez-vous avec moi hier. A l'hôtel *Cathay*. Il m'a même attendu pendant plus d'une heure, avant de téléphoner au *Raffles* où on lui a dit que j'étais parti et rentré en Europe.

Une madone chinoise ?

« Nous n'avons aucune employée correspondant à ce signalement. »

Où est M. Wang lui-même ? Parti. Hier dans l'après-midi, une très heureuse nouvelle lui a fait oublier la déception provoquée par mon brusque désistement : il a signé un très gros contrat avec une société américaine, pour l'huile de palme. Et ses nouveaux clients ont tenu à ce qu'il leur fasse visiter toutes les îles du Pacifique fournissant le coprah. A l'heure qu'il est, M. Wang est dans l'avion des Américains, quelque part entre Tahiti et Hawaii, à moins qu'il ne soit à la verticale de la mer des Célèbes. Et on ignore quand il rentrera.

J'en pleurerais de rage. L'Anglais hoche la tête : « C'est justement ce que je venais vous dire, monsieur Cimballi. Heckl et Jaeckel sont de toute première force, à ce jeu... »

Il a, sur les Corbeaux, pas mal de renseignements. A commencer par celui-ci : « J'ignore quels ordres leur a donnés exactement miss Hall. Mais il est sûr qu'elle leur a fixé des limites à ne pas dépasser. Et c'est heureux, car dans le cas contraire, vous seriez déjà mort. Accidentellement, bien sûr. Ce sont des spécialistes des accidents, survenant de préférence à des adversaires de leurs employeurs... »

L'Anglais a déjà réuni sur Heckl et Jaeckel assez d'éléments pour écrire un livre qui aurait pour décors multiples l'Amérique du Sud et du Nord et Centrale, l'Afrique, le Moyen et l'Extrême-Orient, voire certains milieux syndicaux européens, notamment français. Ils travaillent essentiellement pour les Hall ; c'est feu Bohlen, oncle de Patti, qui les a voici vingt-cinq ans lancés pour la première fois, comme des missiles que rien ne peut arrêter. Mais n'importe quelle multinationale peut utiliser leurs services — hors de prix — et beaucoup ne s'en sont pas privées.

— Vous trouverez dans mon rapport des dates, des noms, des chiffres et des indications de lieux. C'est effarant. Je pèse mes mots : ils me font peur, même à moi. Ne les prenez surtout pas pour de simples tueurs professionnels. C'est pire : ils organisent, toujours à distance, intouchables...

Officiellement, ce sont d'obscurs petits détectives privés de Dallas, le genre enquêtes pour divorces et filatures de voleurs de poules. Mais on est en train de vérifier leur situation financière réelle, et ça se chiffre par centaines de milliers, voire par millions de dollars. Ce qui ne les empêche pas de vivre très chichement, dans un appartement de trois pièces mal situé, en location, et d'une saleté paraît-il repoussante. Bien évidemment, rien ne les rattache officiellement aux Hall, ni d'ailleurs à qui que ce soit...

— Mes premiers renseignements concordent : depuis le 1er juillet au soir, Heckl et Jaeckel, que vous appelez plaisamment les Corbeaux mais qui, moi, ne me font pas rire, s'occupent uniquement de vous. Vingt-quatre heures sur vingt-quatre, avec des moyens à peu près illimités. Ecoutez, j'ai déjà travaillé pour vous, souvent, et, je crois, avec succès. Je suis flegmatique. Et c'est flegmatiquement que je vous dis : ni vous ni moi n'avons contre eux la moindre chance...

Au *Raffles* (où quelqu'un a annoncé mon départ et même réglé ma note, en liquide), dans une cabine téléphonique du hall, la voix de Marc Lavater :

— Franz, laisse tomber. Il faut savoir reconnaître quand on est battu, quand les enjeux deviennent trop élevés et qu'on ne peut plus suivre. Il n'y a pas de honte à ça. Va à Dallas, rencontre cette folle et arrange-toi avec elle. Tu veux un exemple ? Je t'ai communiqué une liste de pays où tu pouvais aller, pour trouver ces usines que tu cherches. J'ai obtenu les indications d'un spécialiste français qui n'est pas plus idiot qu'un autre, quoique travaillant pour le gouvernement, et qui m'a juré la plus grande discrétion. Or j'ai reçu hier soir, ronéotypée, cette même liste, avec les mêmes noms dans le même ordre, assortis des mêmes commentaires, mot pour mot. Sans signature mais avec une phrase : « *NO CHANCE AT ALL* ». Laisse tomber.

Je ne suis pas du genre à hurler, à trépigner, à casser quelque chose quand je suis en colère, vraiment en colère. Dans le cas présent, je me contente de regarder l'Anglais, sans le voir, sans voir le vieux *Raffles* avec son décor *british empire* victorien. Je ne dis rien. Je n'en pense pas moins. La fureur me convulse, intérieurement.

NO CHANCE AT ALL ?

Il me sortirait de la fumée par les oreilles que je n'en serais pas autrement surpris.

On est le 16 juillet, dix heures quinze du matin à Singapour. Sur la liste des pays possibles communiquée par Marc Lavater — et dont les Corbeaux possèdent une copie, avec toutes les possibilités de prévoir mes mouvements et par suite de les contrer comme ils viennent de le faire — sur cette liste, Singapour venait en numéro un, la Corée du Sud étant exclue.

Je choisis un autre nom au hasard sur la liste.

C'est le Venezuela. Quatre heures plus tard, je m'envole pour Caracas.

13

Une cuvette, dont les bords sont des flancs de montagne. Dans le bas, une ville, qui est presque Manhattan : gratte-ciel, autoroutes en guise de rues, considérable puissance financière dûe pour l'essentiel au pétrole de Maracaïbo. Et tout autour, sur les pentes, accrochés à d'immondes baraques de planches, tôle ou carton, pataugeant dans une boue gluante, des millions de pauvres diables qui contemplent cette richesse avec des yeux de braise. Le sentiment de gêne est constant, et oppressant.

En plus, il pleut sur Caracas. La pluie tombait déjà quand l'avion de Flint a posé ses roues sur l'aéroport en bord de mer. Elle a continué de tomber tandis qu'au volant d'une voiture de location j'escaladais les lacets de l'autoroute menant, onze cents mètres plus haut, à la capitale vénézuélienne ; elle redouble quand je m'engage sur la Pieuvre et l'Araignée, les deux *autopistas* géantes qui ceinturent et transpercent la ville. Durant une heure, je me perds, dans cet entrelacs d'échangeurs et je passe et repasse devant les *avenidas* Bolivar et Sabana Grande, qui me servent de repères, jusqu'à en être halluciné.

Je cherche un Corse, venu s'installer ici dans les années soixante, quand un autre Corse (Léoni) était président du pays. J'ai connu Simon Peretti lors d'un séjour à Saint-François de la Guadeloupe ; il m'avait invité à lui rendre visite mais la rue où il habitait, dans le quartier de Paraïso, semble depuis avoir été effacée de la carte. L'annuaire téléphonique finit tout de même par m'indiquer un J.-B. Simon Peretti mais l'adresse a changé : « Et c'est où ? » Un commerçant de Sabana Grande m'indique : « Chacao ». Autrement dit sur les pentes nord de la ville, dans le quartier neuf, près des greens du golf...

Trente minutes plus tard, j'y suis. Une ravissante brunette qui se révèle être la señora Jean-Baptiste Simon Peretti en personne m'apprend que son seigneur et maître est absent pour deux ou trois jours. Mais il va rentrer, il n'est qu'à Maracaïbo : « *Se puede telefonear ?* » On peut, quoiqu'elle ne sache pas où joindre son hidalgo ajaccien. Tant pis, j'essaierai quand même.

Comment dire ? Je suis dans un état second. Ce n'est même plus de la colère, mais une rage froide, à abattre des montagnes (ça ne manque pas, dans le coin). Pas une seconde, je n'ai envisagé de renoncer. Mon plan s'est formé en volant depuis Singapour : je vais faire un à un tous les pays de cette foutue liste, même si chaque fois je dois me casser les dents, avec l'espoir — non, la certitude absolue, irraisonnée mais définitive ! — que, tôt ou tard, je trouverai une faille. Nom de Dieu, même si ça doit me prendre dix ans !

No chance at all ? GRRRRRRRR !

Mon acharnement ne tombe pas d'un centième de degré centigrade quand, ressortant de la résidence Simon Peretti, je trouve l'enveloppe accrochée au pare-brise de ma voiture de location. A l'intérieur, l'inévitable photo, dédicacée, de miss Texas : « TO CIMBALLO WITH LOVE, Patti. »

— D'accord, Patti, rigole, rigole tant que tu peux. Rira bien qui rira le dernier.

Je n'ai pas encore repéré, à ce moment-là, les deux Indiens qui sans aucun doute se trouvent déjà accrochés à mes basques.

Cela viendra plus tard. Trop tard.
Il pleut encore.

Fou. *Loco, por completo loco,* me dit Jean-Baptiste Simon Peretti.

— Trouve-moi cette saloperie d'usine.

Il soupire et reprend son téléphone, qui doit commencer à chauffer, depuis deux heures qu'il s'en sert, à seule fin de m'aider. Sa silhouette se découpe en contre-jour sur les eaux presque mortes du lac de Maracaïbo. Dans le jour finissant, elles ont pris une extraordinaire couleur d'or fondu ; le ciel vire également au jaune ocre ; des derricks s'alignent à perte de vue, machines de guerre martiennes ; leurs torchères dessinent en ombres chinoises des pirogues d'indiens goajira, qui transportent des femmes à chapeaux de feutre ronds, assises sur de maigres cargaisons d'ananas. Je me souviens qu'il y a trois cents ans, les flibustiers français de la Tortue venaient ici faire rapine...

Le Corse raccroche, secoue la tête :

— Rien à faire, Franz, tes Corbeaux ont passé le mot et...

— Trouve-moi cette foutue usine.

L'accent ajaccien resurgit, nonchalant et doux :

— Aïo, je viens de passer un milliard de coups de téléphone !

— Et moi j'ai fait cent fois le tour du monde. Je te le chante, si tu veux.

Il écarquille les yeux, fouille sa mémoire. Finit par dire :

— Il y a bien ces deux frères de *Colonia Tovar.* Mais je te préviens : ils feraient vomir un caïman...

Au sortir de Caracas, l'autoroute, puis une route en lacets, escaladant je ne sais quelle montagne imbécile.

19 juillet, huit heures du matin. Je suis seul dans ma voiture. La pluie toujours...

... Et j'ai enfin repéré les deux hommes en Chevrolet bicolore qui m'ont pris en chasse quand j'ai quitté le parc somptueux de l'hôtel *Avila*.

Ils ne font rien. Ils me suivent, ne se dissimulent même pas. Je les ai vus : deux faces de carême, larges méplats, couleur vieux bronze, profil de tortue. Pas très grands mais massifs, trapus. Inquiétants.

La pluie dégringole avec fureur. Les hommes que je vais rencontrer à *Colonia Tovar* sont des Vénézuéliens d'origine allemande, Gunther et Freddy Schlomm ; ils sont propriétaires d'une usine à La Guaira, qui est le port de Caracas sur la mer Caraïbe. J.-B. Simon Peretti les a connus en sa qualité de banquier ; il s'en serait passé. Il leur a consenti du crédit parce qu'il faut bien vivre mais : « Franz, j'en ai vu, des types faisant suer le burnous, mais comme ceux-là, jamais... »

Et qu'est-ce que je fais d'autre, moi, Cimballi, courant le monde à la recherche d'une usine dont les prix seront les plus bas possible ? Ce doit être le climat et l'atmosphère de Caracas qui déteignent sur moi : je suis proche de la déprime (inquiet aussi de la présence de ces deux sangsues derrière moi). Et dire que je devrais être à la Capilla à Saint-Tropez !

La route de montagne se fait toujours plus sinueuse. Et soudain surgit le premier camion rouge...

Devant moi. Il est énorme et roule presque au pas. Chaque fois que je me déporte pour le dépasser, il se déporte de même. Je crois d'abord au jeu stupide d'un camionneur. Pas longtemps : derrière moi un second camion rouge apparaît dans mon rétroviseur. Très vite, il se colle littéralement à moi, il heurte même mon pare-chocs, mais délicatement. Je me retrouve encastré entre ces deux monstres. Je klaxonne frénétiquement. Je pourrais tout aussi bien chanter la *Tosca*. Tout d'un coup, j'ai peur.

Je ne me souviens même plus combien de temps ça a duré. La Chevrolet et une grosse Lincoln m'ont dépassé, j'ai vu les visages de pierre des deux Indiens, qui n'ont pas tourné la tête. J'ai envisagé d'ouvrir ma portière et de sauter ; je suis sur le point de le faire quand, brusquement, le camion qui me précède fait un écart. En un éclair, je découvre sur ma droite un petit terre-plein, sans parapet. Je ne vois rien d'autre : l'autre camion derrière moi me pousse lentement, inexorablement. Debout sur les freins, je quitte néanmoins l'asphalte, mes roues mordent dans la terre, patinent en pleine gadoue. Devant mon capot, soudain, le vide. Je contre-braque avec violence et c'est l'arrière de ma voiture qui chasse. L'instant d'après tout bascule, de ce paysage montagneux noyé de pluie ; une ultime poussée a suffi : je me retrouve agrippé à mon volant, hurlant de peur et de rage, à bord d'un véhicule qui, avec une molle nonchalance, glisse doucement dans la pente...

J'essaie d'accélérer et c'est pire : cette saloperie de voiture en profite pour exécuter des tours de valse. C'est bien le moment ! Elle continue de glisser. Oh ! pas très vite, heureusement, mais la route est déjà très au-dessus de moi. Le temps de me battre avec la lourde portière et la distance s'est encore accrue.

Je saute à terre et immédiatement, je m'étale, à demi noyé par les trombes d'eau et surpris par la nature du sol : une boue dans laquelle je m'enfonce jusqu'aux genoux. Je bats des bras, frénétique. C'est que je glisse, moi aussi ! Mais mes doigts finissent par accrocher une arête rocheuse. Je me dresse et me retourne, regardant sous moi. Une évidence : on n'a pas voulu vraiment me tuer, tout laisse prévoir que ma voiture finira sa glissade deux cents mètres en contrebas, contre un surplomb rocheux qui, lui, domine le vrai gouffre (neuf cents mètres d'à-pic, me dira-t-on !)

On a simplement voulu m'impressionner. Eh bien, bravo, très réussi !

Les camions ont évidemment disparu. Une heure plus tard, un autocar consent enfin à stopper. Il peut normalement transporter trente personnes, il y en a le triple, à l'intérieur. Mais tout ce beau monde m'accueille avec une joie visible, mon aventure les plonge dans une hilarité totale. En fait, ils rigolent encore quand, au terme de lacets supplémentaires, en plein cœur de cette partie vénézuélienne de la Cordillière des Andes, l'autocar me dépose au beau milieu du Tyrol.

Colonia Tovar est un morceau d'Allemagne transporté tel quel en Amérique latine. N'y manquent ni l'église avec son clocher bulbe vernissé, ni les *delikatessen,* ni les *gasthof, gasthaus, gastätte, gastube* et autres *zimmer frei* placardés en gothique très flamboyant sur les balcons à la tyrolienne. Et l'on vous parle allemand comme à Furstenfeldbruck-en-Bavière.

En lieu et place de mes vêtements cartonnés par la boue, on m'a même narquoisement proposé des culottes en cuir vert à la Louis II de Bavière, à bretelles fleuries d'edelweiss en plastique. J'ai dit *nein-danke-schön-bitte-schön* et la suite, j'ai payé pour un pantalon, une chemise et des sandales, j'ai mis mes papiers à sécher et je suis à présent devant les Schlomm.

Ils ne valaient pas le voyage.

D'abord ils sont vieux, gras et laids, « à faire vomir un caïman myope ». Les Schlomm dégoulinent littéralement de graisse et, aussi, d'une avidité impitoyable qu'ils ne prennent même pas la peine de dissimuler. Pour chacun, cent trente ou cent quarante kilos de chair rosâtre, œil délavé sous des sourcils blanchis par le soleil, peau porcine. La pluie lave les porcs et crotte les hommes, a dit Lichtenberg. J'aurais difficilement pu travailler avec eux, même si j'en avais eu la possibilité...

... Et je ne l'ai pas ; plus exactement, je ne l'ai plus. Depuis une heure. Depuis qu'ils ont signé ce contrat mirifique, tombé du ciel dans tous les sens du terme : les hommes d'affaires américains sont en effet arrivés en hélicoptère à *Colonia Tovar.* Schlomm *und* Schlomm n'en reviennent pas eux-mêmes, de la vitesse à laquelle tout s'est déroulé. Et comme ils se doutent bien que je suis pour quelque chose dans ce miracle — ils voient bien qu'ils ont été les bénéficiaires d'un combat dont je suis un des protagonistes — ils se font une joie mauvaise de m'en conter les détails...

Le soir du même jour, soit le samedi 19, je dîne à Caracas chez Jean-Baptiste et Dany Simon Peretti. J.-B. n'en croit pas ses oreilles :

— Tu voudrais me faire croire que cette cinglée de Dallas a loué leur usine pour dix ans, à seule fin de t'empêcher de l'utiliser ?

— Elle a des sociétés d'électronique, dans son empire. Elle fera fabriquer n'importe quoi aux Schlomm, elle n'a que l'embarras du choix. Le pire, c'est qu'elle n'y perdra probablement pas d'argent. C'est ça qui m'énerve le plus.

— Sans compter, remarque le Corse, que ces deux vieux débris vont gagner gros. Ils étaient au bord de la faillite. Au moins pourront-ils rembourser ma banque, à quelque chose malheur est bon...

Mais moi, je n'ai pas dit mon dernier mot. Qu'on me comprenne : je suis comme un boxeur (ou du moins je me vois ainsi, j'espère ne pas me tromper) qui pour le moment encaisse, se fait à chaque round expédier au tapis. Mais qui se relève à chaque fois et repart au round suivant, avec la certitude que viendront l'ouverture et la possibilité d'un *knock out.* J'ai perdu la première reprise en Corée, la deuxième à Singapour, la troisième au Venezuela est plutôt mal partie et, au train où vont les choses, je vais en perdre pas mal d'autres... Mais, même si je ne peux pas pour l'instant réussir de coup gagnant, je peux quand même essayer de rincer les gencives de mon adversaire. Au passage, histoire de montrer que je ne suis pas mort. Non ?

Si. L'idée a commencé de me venir pendant que j'assistais à la récupération de ma voiture. Ce n'est pas une idée de K.O., d'accord. Mais ça me remontera le moral. Et me permettra de me payer la tête de Patti Hall. Je me sens l'âme de Sylvester Stallone dans *Rocky.*

C'est déjà un résultat.

J'explique au banquier ajaccien ce que j'aimerais beaucoup faire. Et ça ne rate pas : il se marre.

Le lendemain dimanche, en vue du port de La Guaira. Il est presque midi. J'ai mis cinq heures à trouver cet homme qui est maintenant devant moi. Il me dévisage et dit :

— Je ne sais pas ce que vous me voulez, señor, mais il faudra faire vite : j'ai un match de *futbol* dans deux heures.

Non seulement il joue libero, mais en plus il est *capitan* de l'équipe. Je l'examine, puis regarde autour de moi : nous sommes au cœur d'un *ranchito,* bidonville miséreux qui domine le port. Dans la baraque déglinguée, ils sont bien quatorze ou quinze à s'entasser. Pour ce qui est de mon interlocuteur, c'est un garçon de mon âge, évidemment plus grand.

Je lui demande s'il est bien Carlos Santisteban Perez. *Si.* Le Carlos Santisteban Perez qui travaille chez les Schlomm, avec huit cents hommes et femmes ? *Si.* Le Carlos Santisteban Perez qui a été contremaître mais qu'on a rétrogradé parce qu'il avait la langue trop bien pendue et l'habitude de parler pour les autres ? *Si.* Celui qui sait couramment lire et écrire ? *Si.* Et est-ce que ça lui dirait, à lui, de devenir copropriétaire de l'usine Schlomm ? Avec la possibilité de tripler d'un coup tous les salaires ? Avec la possibilité tout à fait légale, sinon de flanquer les Schlomm à la porte, du moins de les réduire au silence ?

D'être copropriétaire d'une entreprise absolument assurée, pendant dix ans, de commandes substantielles, extrêmement rémunératrices, grâce à la générosité bien connue d'une milliardaire de Dallas ? Commandes garanties par contrat en acier chromé ?

Ça peut surprendre, mais il pose son sac de *futbol,* et répond encore, *si, señor.*

Essayons d'y voir clair. Que m'ont dit les Schlomm Dégoulinants quand je suis allé les voir à *Colonia Tovar ?*

En premier lieu (et visiblement, ça leur faisait un plaisir fou de m'assener cette mauvaise nouvelle), que les hommes d'affaires américains leur avaient bel et bien signé un contrat en acier chromé, irrévocable au dernier degré...

En deuxième lieu, que ce contrat était de dix ans et assorti d'une formidable clause de dédit, dans les deux sens, prévoyant la somme tout à fait extravagante de deux cents millions de dollars au cas où l'une des deux parties ne tiendrait pas ses engagements. (Pour les Américains de Dallas, le risque est quasiment nul : parmi toutes les sociétés de l'empire Hall, ce serait bien le diable s'il ne s'en trouvait pas une pour faire travailler les Schlomm. Quitte à les lancer dans la fabrication de tire-bouchons à pédales parfaitement invendables — je sais qu'ils le sont, j'ai essayé...)

En troisième lieu, que ce même contrat ne prévoit aucun versement au comptant : il assure simplement que des commandes seront passées sous un mois — excluant tous autres travaux — et qu'elles seront confirmées chaque année pendant dix ans ; et que ces commandes devront dégager un bénéfice d'au moins vingt-cinq pour cent ; règlements à effectuer en fin d'exercice et après livraison...

En quatrième lieu, qu'en cas d'épizootie exterminant tous les Schlomm Dégoulinants connus, ou de vente par ceux-ci de leur usine à quiconque, le successeur quel qu'il soit devra respecter le contrat susdit. Ou bien payer les deux cents millions...

Non sans raison, les Schlomm Dégoulinants sont très contents de la transaction. Moi, sur le moment, beaucoup moins. Parce qu'ensuite, quand l'idée m'est venue, quand j'ai ajouté à ces quatre ingrédients trois autres données (la situation bancaire des Schlomm, leur âge et mes relations d'amitié avec leur banquier), j'ai constaté qu'il y avait là de quoi faire une assez jolie soupe.

Soupe à la grimace s'entend, dont j'espère qu'elle restera sur l'estomac des Corbeaux. Et peut-être aussi sur celui de Patti Hall.

La banque que représente Simon Peretti au Venezuela s'appelle, disons la Banque Fixhall. C'est à elle que les Schlomm ont emprunté de l'argent. Tout commence quand cette banque se manifeste. Pour plus de sûreté, ce n'est pas J.-B. qui opère, mais son associé vénézuélien, nommé Ganzabal. Ganzabal ignore le nom du client pour le compte de qui il agit. (Ce client est une banque des Bahamas et, derrière les plantes tropicales qui en décorent le hall, vous pouvez peut-être reconnaître le séduisant visage d'un jeune financier international de génie, fort sympathique.)

Ganzabal va voir les Schlomm et leur tient à peu près ce langage : « Notre direction nous somme d'apurer nos comptes. En bref, vous nous devez 214 000 dollars. Plus les intérêts. Caisse, s'il vous plaît. » Les Schlomm Dégoulinants tombent de haut, ils disent « *Madre de Dios* » en allemand, disent aussi : « Nous n'avons pas tant de liquide mais nous venons de signer un contrat fantastique qui, un contrat que, un contrat par quoi... D'ailleurs, voyez vous-même, il va nous rentrer tout plein de dollars. »

Ganzabal répond qu'il s'en fiche comme de son premier découvert : « Voyez caisse » dit-il implacable.

Les Schlomm sont atterrés. De son côté, Ganzabal se montre inflexible : dix jours, il ne peut pas accorder de meilleur délai. A moins que... Les Schlomm dressent l'oreille : à moins que quoi ?

« Pourquoi ne pas vendre votre usine ? suggère Ganzabal. Je connais justement quelqu'un que ça intéresse. Pour vous, vous n'êtes pas trop frais, la décrépitude vous guette ; il y a quelques jours encore, vous étiez au bord de la faillite. C'est une occasion en or pur. Avec ce contrat, votre usine reprend de la valeur, c'est le moment. Vendez et vous n'aurez plus qu'à couler des jours paisibles de millionnaires, peut-être même retourner au Vaterland d'où est venu Grand-Baba Schlomm... »

Et les Schlomm finissent par dire oui. Ils veulent trois millions de dollars. C'est surpayé d'un bon tiers. Ganzabal, quelques jours après, revient avec une contre-proposition : son client des Bahamas est prêt à payer un million et demi pour quatre-vingts pour cent des parts. Dont une partie peut être versée immédiatement sur un compte à numéro dans une banque des Caïmans — autant dire que le fisc vénézuélien n'en verra pas la couleur. Mieux encore : l'acheteur accepte même une clause par laquelle le rachat des parts se fera progressivement ; part livrée, part payée.

« *Jawohl* » disent en espagnol les Schlomm Dégoulinants. Ils ont fait leurs calculs : ils touchent un million et demi, bien assez pour rembourser leur banque et, surtout, convaincus que leur acheteur a des difficultés financières (Gazanbal les en a persuadés et d'ailleurs, le croit lui-même), ils imaginent donc que la cession des quatre-vingts pour cent s'échelonnera sur des années. Autant dire qu'ils resteront longtemps majoritaires dans leur usine. Ils auront le beurre et l'argent du beurre. Ils signent.

Et la foudre s'abat sur leurs têtes porcines.

Car l'encre est à peine sèche sur le contrat (j'exagère un peu et je résume, tout cela a pris un peu plus de temps), que la porte s'ouvre sur plusieurs hommes, dont le dénommé Carlos Santisteban Perez accompagné de son avocat conseil, un Américain du nom de Jo Lupino. Lequel exige la cession immédiate des quatre-vingts pour cent globaux, conformément à l'acte de vente.

Les Schlomm se retrouvent dès lors minoritaires — à peine vingt pour cent — dans leur propre usine. Il y a pire : Carlos Santisteban Perez les informe avec satisfaction que ses amis et lui — en fait tout le personnel de l'usine — sont déjà propriétaires de vingt-cinq pour cent des parts.

Et ils détiennent en outre une promesse de vente pour vingt-six autres pour cent. C'est-à-dire qu'ils auront inévitablement la majorité au sein du conseil d'administration.

Qui a vendu à Perez et à ses associés ? Qui leur a signé la promesse de vente pour encore vingt-six pour cent ? Le client des Bahamas. C'est-à-dire moi.

Comme je l'avais promis au *capitan* Perez, il se retrouve bel et bien copropriétaire, et en fait patron de l'affaire où il travaille. Ce que ses amis et lui feront me regarde à peine. Un peu néanmoins : je reste moi-même actionnaire pour la différence entre cinquante et un et quatre-vingts, soit vingt-neuf pour cent. La vérité est qu'une usine assurée quoi qu'il arrive de réaliser vingt-cinq pour cent de bénéfices par an pendant dix ans (ça, c'est le contrat établi par les Corbeaux qui le prévoit) vaut qu'on y investisse, non ?

Comment Pérez et les autres vont-ils me payer ces

parts qu'ils m'ont achetées, et les autres que j'ai promis de leur vendre ? Tout simplement avec leurs bénéfices de copropriétaires. J'ai fait le calcul : ça leur prendra quatre ans et sept mois. Autant dire qu'ils vont me régler avec l'argent de Patti Hall, celui-là même qu'elle s'est engagée à verser, par un contrat en acier chromé n'ayant en principe d'autre objectif que de m'empêcher d'utiliser l'usine des Schlomm.

Moi, ça m'a paru très amusant.

En vérité, quand tout cela se produit, quand Pérez et la délégation des ouvriers de l'usine pénètrent avec Jo Lupino chez les Schlomm, il y a belle lurette que je ne suis plus au Venezuela.

Je suis à Shanghai.

14

Après Singapour et Caracas, c'est Shanghai que j'ai choisi sur ma liste. J'ai sauté Formose. D'abord parce que ça ne m'a pas paru très malin d'aller sonner les Chinois de feu Tchang avant de frapper à la porte des Chinois de feu Mao ; ensuite parce que, connaissant les liens de Taïpeh avec Washington, je me doute bien que les Corbeaux ont dû hérisser l'île formosane de batteries anti-Cimballi. Je les crois même capables de lancer contre moi la flotte US du Pacifique. Patti a sûrement dans ses relations des amiraux en pagaille. (Aussi bien, elle a son propre porte-avions.)

Toutefois, avant d'aller en Chine, je suis repassé par la case départ (je n'ai malheureusement pas touché 20 000 francs), c'est-à-dire Saint-Tropez. J'y arrive le 22 juillet, sur les rotules, après onze jours d'absence.

On dirait Wall Street un Vendredi Noir, la gaieté en plus. Ma maison natale de La Capilla n'est pas un palais arabe, elle n'a que cinq chambres et une piscine de dix mètres. Or ils sont bien trente ou quarante squatteurs, tous fort enjoués ma foi. Outre Sarah et mes enfants, je reconnais Ute Jenssen et Papa Ute, plus le Turc et son harem, plus Jimmy Rosen, sa femme et leurs cinq enfants, plus les Lavater et d'autres amis non identifiés. Je fais remarquer à Sarah :

— Pourquoi n'avoir pas invité la Garde Républicaine ? Ils nous auraient joué *Les Trompettes d'Aïda*.

— On ne les aurait pas entendues, avec tout ce bruit, dit-elle, et à propos, on a téléphoné.

— Qui ?

Elle se fait sarcastique :

— Bernard Hinault et le roi d'Espagne n'ont pas téléphoné. Les autres, si.

Les autres, c'est-à-dire Vandenbergh et Lupino, mes courtiers de Londres, Zurich et New York, mes banquiers des Bahamas et de Curaçao, sans parler de quelques centaines d'autres...

— Et Li et Liu. Surtout eux, Franz, ils semblaient bizarres, ce n'est pas d'eux. Il s'est passé quelque chose entre vous ?

— Tout s'arrange, je m'en occupe.

Je m'assois, épuisé. Voici très peu de temps, il n'y a pas quatre ans, âgé de vingt et un printemps, je partais pour le Kénya, sans un centime en poche. Tout a commencé à Mombasa, sur les bords lumineux de l'océan Indien, par hasard, sinon par miracle ; j'y ai découvert qu'à défaut de savoir peindre ou chanter, sans diplômes, incapable même de démonter un réveille-matin, j'avais un talent inexplicable : gagner de l'argent sans le vouloir, avec mes idées farfelues. Cherchant tout bêtement à faire fortune, je ne me serais sûrement pas retrouvé assis, dans une île des Caraïbes, au sommet d'une pile monstrueuse de 324 324 sacs de café du Brésil pesant au total 14 752 tonnes ; je n'aurais pas inventé Safari en Floride avec des Tarzans noirs et phosphorescents ; je n'aurais pas davantage transformé les toits de New York, Londres, Copenhague et autres cités en succursales de Roland-Garros et Wimbledon ; et j'aurais moins encore acheté un casino à Atlantic City ce qui, de toutes les âneries que j'ai pu faire, a été assurément la pire et la plus dangereuse à ce jour.

J'ai fait tout cela parce que ça m'a paru hilarant. Et c'est vrai que j'ai rigolé. Seulement voilà, des jours comme aujourd'hui, j'ai mon plein d'extravagances.

Ras le bol. Des voyages, des avions... et pour l'heure de Patti Hall.

J'hésite encore. Je retarde le moment fatidique en décachetant mon courrier, où il y a des lettres recommandées avec accusé de réception, émanant d'Eddie Barclay, d'Enrico Macias, de Bernard Tapie et d'autres, qui tous me menacent de mort si je ne retire pas de la circulation tropézienne ce satané Danois — ils parlent de Papa Ute — qui les ensevelit sous les aspirateurs en se prévalant de mon identité.

— C'est drôle, non ? dit Sarah.

Son regard vert filtre au travers de ses paupières mi-closes, de cette façon très personnelle qu'elle a de me dévisager et de me scruter. Elle voit bien que je ne suis pas dans ma meilleure forme.

— A hurler de rire.

Je décroche enfin le téléphone et j'appelle San Francisco.

— Où es-tu, Franz ?

— Saint-Tropez, je viens d'arriver.

— Ce n'est pas le moment de prendre des vacances, tu ne crois pas ?

Et je pense : « Tais-toi, Cimballi. Tu n'es pas Cambronne. Et ces deux Chinetoques sont parmi tes meilleurs amis. Ils t'ont aidé dans le temps et ils ont quelques raisons de t'en vouloir... »

Si bien qu'au lieu de les envoyer au diable, je leur explique calmement que je n'effectue qu'une très courte halte, avant de reprendre le sentier de la guerre. Et pour essayer de les apaiser un peu, je leur raconte mes pérégrinations à Singapour et Caracas. En d'autres circonstances, ils auraient ri. Pas cette fois : je n'ose pas écrire qu'ils rient jaune.

Ils demandent :

— Et tu as d'autres solutions de remplacement ?

— Il y a toujours une autre solution.

Silence. Puis :

— Franz, à n'importe qui d'autre, nous aurions déjà fait un procès, nous aurions livré bataille et réclamé cent ou deux cents millions de dollars de dommages et intérêts, sans parler de quelques autres ennuis que nous lui aurions faits, dans notre colère...

— Je n'ai pas cent millions, encore moins deux cents. Je ne les ai jamais eus, d'ailleurs, maintenant que j'y pense. Le sort s'acharne contre moi.

— On s'en fout, Franz, dit Li (ou Liu).

— Nous avons très envie de nous mettre en colère, dit l'autre. Mais parce que c'est toi, on t'accorde encore un mois, et même un peu plus, on te donne jusqu'au 31 août pour tout régler. Passé ce délai, nous oublierons que tu as été notre ami.

— Je fais vraiment tout ce que je peux. Accordez-moi jusqu'au 30 septembre. Bon sang, on n'est tout de même pas à un mois près. Nous allons fabriquer des millions et des millions de jouets, parole de Cimballi.

D'une voix à la fois calme et vibrante de fureur :

— Franz, il n'y a pas que les jouets. Nous étions sur un autre coup, un grand film à produire. Ça nous plaisait énormément. On vient de nous virer, comme co-producteurs. Et ce sont naturellement des gens de Dallas qui ont pris notre place. Demain, ce sera probablement autre chose, une autre de nos affaires va sauter. Nous n'avons pas les moyens de lutter. Et tout cela à cause de toi.

— Le 15 septembre, dernier carat, dis-je, presque suppliant. J'aurai tout réglé le 15 septembre, d'une façon ou d'une autre.

(Mais comment, nom d'un chien ?)

Silence qui se prolonge. Ils discutaillent en chinois, disent enfin :

— D'accord. Dernier carat. Ta prochaine étape ?

J'hésite à me fier au téléphone. Mais je ne peux pas faire autrement :

— Shanghai.

Nouveau silence. Li et Liu sont des Chinois originaires de Hong Kong, quoique naturalisés américains. Et je sais qu'en Chine continentale, ils doivent avoir encore deux ou trois millions de parents proches. C'est pour cela que je leur ai révélé ma destination. Sait-on jamais ?

Effectivement, ils disent :

— On a un oncle, à Shanghai.

Je suis à Shanghai. Je marche sur Nanjing Lu, qui est une avenue de plusieurs kilomètres de long. Je ne marche pas seul : environ trois millions de camarades me font un brin de conduite. C'est presque effrayant et, comme toujours en Asie, je me sens oppressé. La foule pourtant est loin d'être hostile : on m'identifie comme Long Nez, on me cède volontiers le passage. le plus souvent en souriant.

C'est fichtrement joli, Shangai, où les ponts sur le Wusong ont presque des airs de Paris-sur-Seine. Je suis arrivé depuis deux heures, à bord d'un avion de la compagnie chinoise CAAC (Civil Aviation Administration of China) ; j'ai laissé Flint à Hong Kong ; on lui a refusé son visa. Pour moi, l'intervention de Li et Liu (ils ont pour le moins douze cents cousins à Pékin dans les ministères) m'a permis de décrocher ce même visa en un coup d'œil bridé. A mes associés de San Francisco, j'ai demandé comment trouver leur oncle de Shanghai. Réponse : « C'est lui qui te trouvera. » Le Tonton m'a trouvé, en effet, même si je ne l'ai pas encore vu. A l'*Hôtel de la Paix,* où j'ai une chambre immense, j'ai reçu un message dès mon arrivée.

En français, s'il vous plaît, et dans une calligraphie d'instituteur de notre Troisième République :

« *Cher et très honoré monsieur Cimballi, j'ai l'honneur par la présente* (applaudissements à droite) *de vous aviser humblement de ma prochaine visite* (applaudissements à gauche), *en votre appartement de l'Hôtel de la Paix, ce jeudi 24 juillet à dix-neuf heures* (applaudissements sur tous les bancs). *Dans l'attente de l'incommensurable bonheur de vous voir, je vous supplie de croire, cher et très honoré monsieur Cimballi...* »

Il est clair que Tonton Li & Liu a appris son français dans le *Journal Officiel,* et les comptes rendus de débats parlementaires.

Quoi qu'il en soit, puisqu'il n'est même pas dix heures du matin, j'ai toute la journée devant moi pour visiter la ville. A mon passage à Hong Kong, mon vieil ami Hyatt (s'il est né dans la Colonie, il a longtemps vécu à Shanghai au temps des Concessions) m'a fourni quelques adresses. Je vais d'abord à la gare mais — je suis sur l'ancien territoire des concessions américaines et japonaises — le décor ne vaut pas le souvenir qu'Hyatt en a gardé. Coup d'œil au Bouddha de Jade, après quoi je retraverse le Wusong par le pont métallique. J'arrive en vue du fleuve, le Huang-Pu, et donc du port. « Reste sur la rive gauche, m'a dit Hyatt. Au carrefour de Nanjing Lu et de la rue Xizang, il y avait les grands magasins *Jardine et Matheson ;* aujourd'hui, ils appellent ça le Magasin Numéro Un... Prends à gauche sur le quai, tu entres sur l'ancienne concession française... » J'y suis. A preuve le R.F. qui subsiste encore sur une façade, tandis que se profile la cathédrale catholique, surmontée d'un grand drapeau rouge ; à preuve aussi ces platanes, jadis importés d'Italie et de France. Hyatt : « Tu seras alors sur le Bund, comme nous disions... » Jadis, à l'entrée de ce parc, un écriteau prévenait en plusieurs langues : « INTERDIT AUX CHIENS ET AUX CHINOIS ». C'était il y a quelques dizaines d'années et le monde a un peu changé, depuis...

N'empêche que je suis en train de tomber amoureux de cette ville. Les heures suivantes, tantôt à pied, tantôt à bord de l'un de ces pétaradants tricycles motorisés qui font l'essentiel de la circulation automobile, j'erre. Déjeunant à *La Fleur d'Abricotier,* restaurant de cent cinquante ans d'âge où l'on mange sans doute la meilleure cuisine cantonaise du monde ; déambulant dans le fameux jardin qui abrite une maison de thé vieille de quatre siècles, au cœur d'une ancienne maison mandarine ; feuilletant les livres anciens aux librairies de la rue Fuzhou ; dégustant les tartes au citron du Donghaï... « Ça s'appelait *Chez Sullivan,* dans le temps. Et tu devrais aussi aller goûter les soufflés de *Chez Louis,* le restaurant existe encore et c'est dans le même quartier... »

J'aime Paris et j'aime Londres ; je ne déteste pas du tout New York, et Vienne, San Francisco, Hong Kong et Rio. Shanghai est en train de grimper dans mon hit-parade personnel...

De sorte que je prends, au figuré, une grande baffe quand, au sortir de l'ancienne avenue Joffre, tournant à droite pour retrouver Nanjing Lu et ses commerces, je tombe par hasard sur le monumental et presque monstrueux palais des Expositions, avec son architecture stalinienne...

D'abord, il y a une immense banderole rouge avec en lettres d'or, en chinois et en anglais : « BONHEUR A LA COLLABORATION SINO-AMERICAINE ».

Ensuite, ce minuscule calicot blanc brandi sous mon nez par deux Chinois impassibles : « *To Cimballo with love — Patti.* »

Enfin, il y a Mick O'Shaughnessy, le seul Irlandais noir du monde, aux commandes d'une vraie locomotive.

Je lève une main pour prévenir ses sarcasmes et je dis :

— Laisse-moi deviner : quelqu'un s'est foutu dedans dans les aiguillages et à Wichita Falls, tu te seras trompé de voie. C'est ça ?

Pas du tout.

Il ricane, et ses tresses à la rasta dansent la gigue irlandaise sous sa casquette à soufflet :

— On est là depuis hier. Calamity Jane a encore frappé. L'un de ses grands-pères était machin-truc-chouette, comme tu dirais ambassadeur, aux côtés de Richard Nixon, quand il est venu déguster des nids d'hirondelle avec Mao. Depuis, les Hall ont plein de copains en Chine. Moi, j'ai pas compris grand-chose : on m'a foutu dans un avion-cargo avec cette bécane et me voici. On est où ?

— Shanghai.

— Je croyais que c'était Pékin. C'est en Chine, Shanghai ?

— Aucun doute. Et vous faites quoi, Calamity Jane et toi ?

— L'est pas venue. Mais j'ai entendu dire que les Hall vendaient des trains et des avions, plus un truc dans le genre Pepsi ou Coca, plus des costumes de dames. En échange de quoi, ils achètent aux Chinetoques quinze milliards de pantalons et de chemises, ou un truc du genre. Suis pas sûr du chiffre. Et toi, quel bon vent t'amène ?

— Je cherche un Chinois.

— Par Saint-Patrick, c'est pas ce qui manque !

Eh bien, justement, si !

Parce que le soir même, dans les salons rococos de l'*Hôtel de la Paix*, face au panorama des cargos et des grosses jonques appareillant pour le Yang Tsé Kiang, Tonton Li & Liu me confirme la nouvelle, dans un français presque digne de Voltaire : « Comment oserais-je m'exprimer ? Vous vîntes trop tardivement et m'en voyez affreusement contristé... »

Il va ainsi me parler pendant vingt bonnes minutes, sans que je puisse placer un mot. Je n'en ai d'ailleurs ni la force, ni l'envie. Les nouvelles ne sont pas bonnes. En bref, l'effarante puissance, financière autant que politique, de l'empire Hall a été jetée dans la balance. Il n'est pas jusqu'à la Maison-Blanche qui ne soit intervenue. Des accords ont été pris, ou vont l'être, des milliards de dollars sont en jeu. Que sommes-nous, moi et ma petite usine, dans ce dialogue de titans ? Tonton ne me l'envoie pas dire, dans son gaulois du XVIIIe (le siècle, pas l'arrondissement) : les fonctionnaires pékinois qui m'ont accordé mon visa se sont vus « gourmander, tancer, admonester, réprimander... » en d'autres termes, on les a engueulés. Et l'on me notifiera bientôt qu'on aimerait assez me voir ailleurs qu'en Chine...

— Mais rien n'est perdu, dit Tonton avec un bon sourire. Je vous obtiendrai, vous pouvez m'en croire, toute licence et accession qu'il vous plaira de solliciter... Pas avant deux ou trois ans, toutefois.

Applaudissements sur tous les bancs.

Et fermez le ban.

Je suis dans une sacrée patouille, et au tapis pour la quatrième fois.

15

Corée du Sud, Singapour, Caracas et maintenant Shanghai. La liste s'allonge, de mes reprises perdues et de mes *knock down* successifs.

Je n'ai toujours pas la moindre idée d'une faille possible, dans la terrifiante garde de mon adversaire. J'en suis à simplement m'accrocher, comme un boxeur sonné, dans l'espoir fou d'un renversement de situation.

Des idées, j'en ai, pourtant. Mais elles ne sont pas de mise. Ainsi celle concernant les jouets, qui m'est venue tandis que je déambulais à contempler les jonques, et qui est encore plus idiote que les précédentes. Je l'ai testée sur Hyatt, retrouvé à Hong Kong à mon retour de Shanghai et même lui l'a comprise, qui n'a quand même pas inventé l'eau tiède. (C'est à lui que j'ai revendu voici trois ans et quelques mon affaire de gadgets, après qu'elle eut cessé de rapporter gros ; mais il m'en a gardé de la reconnaissance : après tout, ces gadgets lui ramènent bon an mal an cent mille dollars de royalties.)

— Un lecteur de cassettes sous-marin, mon très cher Hyatt. Un walkman, comme on dirait chez Sony. Un lecteur de cassettes avec pré-ampli et écouteurs. Tout ça parfaitement étanche. Est-ce que tu t'imagines en cosmonaute, dans les étoiles...

— Non, dit fermement Hyatt.

— ... ou en plongeur sous-marin, par soixante

mètres de fond, dans le silence le plus total de la planète, écoutant la Neuvième de Beethoven, tout en contemplant les zoulis bedits boissons ? Tu ne t'y vois pas ?

Il ne sait pas nager, de toute façon, dit-il. Mais l'idée lui plaît un peu. En tant qu'héritier de mes gadgets, il a appris à se méfier de mes élucubrations, voire à y prêter intérêt (l'intérêt mais pas le capital, il n'a jamais voulu mettre un sou dans mes affaires, ce qui explique qu'il avait à l'époque de mes débuts refusé toute association qui l'eût fait millionnaire).

Ainsi vont les choses : c'est lui qui me parle des Philippines.

Pas de Philippines sur la liste que m'a remise Marc Lavater, et dont les Corbeaux ont une copie conforme :

— Hyatt, tu connais quelqu'un là-bas ?

Je scrute ses yeux bleu faïence. Pur hasard si notre conversation a lieu en pleine mer. Débarquant de l'avion chinois, j'ai retrouvé Hyatt se préparant à jouer les Tabarly sur la mer de Chine — ce crétin ne sait pas nager mais il fait du bateau à voiles !

Il a un petit cotre dans une anse de Taï Tam. Nous avons embarqué, nous sommes au large de Clear Water Bay, dans les Nouveaux Territoires. Ce n'est pas plus mal : si les Corbeaux réussissent à nous écouter, c'est qu'ils ont pu se déguiser en poissons volants (et encore : je surveille ces derniers).

Hyatt dit qu'il connaît pas mal de monde, aux Philippines. A Manille, bien sûr, mais aussi à Baguio, Roxas City, Zamboanga...

— Zamboquoi ? Ça existe, ça, ou tu l'as inventé juste pour me faire rire ?

Hypothèse absurde : il a autant d'humour qu'une couche-culotte. Zamboanga existe et ça se trouve dans l'île de Mindanao. Eh oui, parmi les gens qu'il connaît là-bas, il y a des industriels, ou des gens qui connaissent des industriels. Un brusque frisson me parcourt le dos, pourtant chauffé à blanc par le soleil de la mer de Chine...

Et l'un quelconque de ces industriels de Zambogagaga pourrait enfin accepter de me fabriquer mes foutues saletés de saloperies de jouets pourris ?

Yes, he says.

Du calme.

Surtout, ne pas se précipiter. L'erreur fatale aurait été de me jeter dans l'avion de Flint et de me ruer sur place, avec pour essentielle conséquence d'alerter les Corbeaux ; c'eût été comme de leur clamer : « Hé, vous autres ! Je crois bien que j'ai trouvé quelque chose ! Faites donc vous-mêmes un saut à Manille et Zamboschmouch pour m'y préparer l'un de ces accueils dont vous avez le secret... »

... En supposant bien entendu qu'ils n'ont pas déjà pris, aux Philippines, toutes les précautions possibles contre moi. Peut-être y ont-ils pensé avant moi. Peut-être ont-ils déjà quadrillé le monde entier, y compris les îles Kerguelen, le Ruanda-Burundi et la Principauté de Monaco...

L'Anglais me dit flegmatiquement :

— Pour tous ces endroits que vous venez de citer, je ne sais pas. Je peux vérifier, si vous voulez. En revanche, ce que je peux vous affirmer, c'est que vos deux oiseaux ont déployé une organisation fantastique, ahurissante...

L'Anglais m'a rejoint à mon quartier de Hong Kong. Il a des explications à me donner sur la façon dont Heckl et Jaeckel ont chaque fois contré mes projets. Il a aussi quelques informations importantes.

Il commence par les explications :

— Les Corbeaux ont obtenu de Patti Hall qu'elle mette sur pied un véritable état-major de crise, qui réunit quelques-uns des plus gros cerveaux de l'empire Hall, ses meilleurs spécialistes. Je ne serais pas surpris d'apprendre qu'ils se servent d'une batterie d'ordinateurs. Ils s'appuient sur les intérêts des Hall dans le monde et quand, dans un pays, les Hall ne sont pas représentés, ce qui est rare, ils font appel à l'aide amicale d'une autre multinationale — entre monstres, on se rend des services... Ce n'est pas tout : ils nouent les alliances les plus surprenantes. Je jurerais que ces hommes qui vous ont expédié dans un ravin au Venezuela s'occupent plus généralement d'exporter vers les Etats-Unis certains produits que le Bureau des Narcotiques n'apprécie guère...

Ça veut dire quoi ? Que Patti Hall fait dans la drogue ? L'Anglais sourit : il n'a pas dit ça et ne le dira pas, parce que ce serait débile. Simplement, les Corbeaux ne sont pas regardants sur leurs alliés du moment, ne l'ayant d'ailleurs jamais été dans toute leur carrière...

— En Corée, par exemple, ils se sont associés à une secte, pour vous contrer. (Il note mon haussement de sourcils surpris.) Oui, une secte, et la plus puissante au Pays du Matin Calme ; celle-là même qui gère des milliards dans le monde, qui fabrique simultanément des chemises et des armes, qui peut réunir demain cent mille de ses adeptes au Yankee Stadium de New York : c'est elle qui, à la demande des Corbeaux, est intervenue contre vous. Je tenais à vous l'apprendre, ne serait-ce que pour que vous mesuriez très exactement le poids de l'ennemi que vous affrontez. Tout comme je voulais vous dire que vous êtes constamment filé, suivi, espionné, écouté. Micros dans tous les hôtels où vous êtes passé, peut-être même dans votre maison de Saint-Tropez. Quelle est votre prochaine destination ?

Je peux parler, dit-il, sauf si je n'ai pas confiance en lui. C'est précisément pour éviter des oreilles indiscrètes qu'il m'a emmené sur l'herbe du Cricket Club de Chater Road. Nul ne peut nous y entendre. « Mais ne remuez pas les lèvres en parlant, on nous observe et on lirait à distance. » Je dis : « Philippines ». Il hoche la tête : « Faites en sorte que votre voyage passe inaperçu... »

C'est qu'il a mis lui-même les Corbeaux sous surveillance, bien sûr, il les fait suivre jour et nuit.

— Nous savons nous aussi placer des micros. Mais ces deux volatiles sont d'une habileté diabolique. Quand on pense que je suis moi-même suivi, c'est un comble, ça me rappelle ma jeunesse...

— Où sont-ils, en ce moment même ?

— C'est l'autre chose que je voulais vous apprendre, la plus importante sans doute. Ces derniers temps, les Corbeaux ont voyagé, plus encore que vous. En général, dans le 747 spécial de Patti Hall. J'ai la liste de tous leurs déplacements, des adresses où ils se sont rendus, des gens qu'ils ont rencontrés. Une liste presque complète...

Il me tend le dossier. Un coup d'œil me suffit. C'est comme si, m'arrachant d'un coup à la chaleur parfumée d'épices de Hong Kong, on me plongeait aussitôt au cœur d'une banquise polaire.

Oh, les ordures !

Cette information que l'Anglais me donne a de quoi glacer le sang. Le mien, en tout cas. Je m'explique.

Je livre bataille à Patti Hall et à ses six milliards de dollars. Déjà, c'est le combat de David contre Goliath... l'affrontement entre le jeune, petit, courageux, astucieux, honnête, gentil, drôle et génial financier (c'est de moi que je parle) et l'hydre aux millions de têtes pointant indifféremment à Wall Street, à Zurich, au château d'If ou sur les bords du lac Titicaca ; l'hydre surpuissante et cynique, sans scrupules, fruit arrogant d'une dynastie de crapules (ça, c'est Patti Hall).

(Soit dit en passant, je n'apprécie guère les « héritiers », qui « ne se sont donné que la peine de naître ». Après mon fils et une certaine virtuosité au flipper, mon troisième sujet de fierté tient à ce que j'ai gagné moi-même chaque centime de mon argent, honnêtement je crois et en général dans la plus franche rigolade.)

Je livre donc bataille à Patti Hall et je cavalcade dans le monde, folâtre, en quête d'une usine pour mes jouets. Bon. C'est fatigant, ça me coûte les yeux de la tête, c'est parfois drôle, souvent exaspérant ; j'ai toutes les chances d'y laisser beaucoup d'argent, ce qui est toujours ennuyeux mais pas dramatique et, surtout, d'y perdre deux de mes meilleurs amis, ce qui m'attristerait davantage. C'est un défi que je relève et j'aime ça. Il ne faudrait pas tellement insister pour me faire avouer que je m'amuse.

Seulement, en même temps, je fais de la finance classique. De cet argent que j'ai gagné en quatre ans, j'ai placé l'essentiel et le fais travailler. Où que je me trouve dans le monde, où que je me sois trouvé ces derniers temps (sauf quand j'étais à jouer les Robinson Crusoë au large de Bornéo), je ne cesse et n'ai cessé de prendre langue avec les hommes qui, à Londres, Zurich, New York, voire Tokyo, dans leurs banques et agences de courtage, reçoivent et exécutent les ordres de leurs clients, quand ils ne les conseillent pas pour leurs placements...

Or l'Anglais vient de m'apprendre que c'est sur ce terrain même que les Corbeaux ont apparemment choisi d'opérer. Aucun doute, ils préparent une attaque. Et quelle attaque !

Je m'en veux. J'aurais dû y penser plus tôt. Ne serait-ce que quand Li et Liu furibonds m'ont appris les difficultés qu'on leur faisait en Californie, dans leur affaire de cinéma. Absorbé par mon jeu de piste international, j'ai été léger et naïf, en m'imaginant que ma partie de bras de fer avec Patti se jouerait selon les règles, suite à une espèce d'accord tacite. *Shame on you, Cimballi !*

L'Anglais pense, lui, que je dois faire une distinction entre la milliardaire de Dallas et les gens qu'elle emploie contre moi, en l'occurrence les Corbeaux : « Je crois sincèrement, monsieur, qu'Heckl et Jaeckel commencent à outrepasser les ordres, et le cadre de la mission qui leur a été confiée. Ces deux individus ont travaillé des années pour Bohlen Hall, qui n'était pas précisément un sentimental ; ils y ont pris des habitudes, s'ajoutant à leur stupéfiante disposition naturelle pour la scélératesse, la méchanceté noire et la perfidie. Je crois vous l'avoir déjà dit : quand on sait de quoi ils sont capables, c'est pur miracle que vous soyez encore en vie. Il faut vraiment que miss Hall leur ait donné les ordres les plus stricts de ne pas toucher à votre existence... »

Et ça change quoi, selon lui, d'opérer un tel distinguo ? Que dois-je faire ? Appeler Dallas au téléphone et susurrer à ma Texane : « Chère Patti adorée, tes Corbeaux ne pensent qu'à m'embêter... »

L'Anglais secoue la tête :

— Dans l'hypothèse la plus favorable, mis Hall couvrira ses agents, tout comme un Kennedy a couvert les imbécillités de la CIA lors du débarquement de la baie des Cochons à Cuba. C'est une Hall, une Hall de Dallas, et donc l'orgueil personnifié...

Et si lui-même se trompe, si c'est avec l'accord de Patti que les Corbeaux sont en train de préparer ce qu'ils préparent, tout ce que je gagnerai en téléphonant à Dallas, voire en y allant, sera d'alerter l'ennemi, et de lui révéler que j'ai découvert ses plans pour la prochaine offensive.

Autrement dit, je n'ai plus qu'à trouver une parade. Et vite, très vite !

Plus facile à dire qu'à faire. Il y a je ne sais combien de banques et d'établissements financiers dans le monde. Pour ne citer qu'un exemple, la Bank of India, à elle seule, possède la bagatelle de sept mille sept cent cinquante-cinq agences !

Mais, s'agissant de banques auxquelles on peut avoir recours pour des opérations financières et internationales, le choix se réduit de façon spectaculaire en ces périodes d'incertitude : Union des Banques Suisses, Crédit Suisse et Société des Banques Suisses pour l'Helvétie ; Manufacturers Hanover Corp., Bank of America, Chase Manhattan, Chemical Bank pour les Etats-Unis ; Barclay's et Lloyds au Royaume-Uni ; Deutsche Bank AG et Dresdner Bank en République Fédérale allemande ; Banco di Roma en Italie...

La liste n'est évidemment pas complète, on pourrait y ajouter d'autres noms, soit dans les pays cités, soit dans d'autres...

L'essentiel est leur petit nombre relatif.

En notant au passage que pour agir sur ces banques par des moyens pas trop avouables, point n'est besoin de contacter individuellement chacun des membres du personnel — la seule Chase Manhattan employant deux cent mille personnes, cela prendrait du temps. Non, toucher un fondé de pouvoir suffirait, pourvu que ce soit le bon. Je ne sais pas si c'est possible. J'en doute fortement, au vrai. Toute profession a certes ses brebis galeuses, mais de là à imaginer une telle conjuration, il y a un grand pas, que je me refuse à franchir...

C'est pourtant à une telle manœuvre que les Corbeaux se livrent.

Tout indique qu'ils sont en train de construire des barrages, de mettre en place des serrures. Et c'est assez simple : vous représentez l'une des plus grosses multinationales du monde (voire plusieurs si les ambassadeurs dépêchés par Heckl et Jaeckel ont réussi à nouer des alliances avec d'autres monstres) et vous vous présentez dans une banque en disant : « Cher directeur, outre les intérêts communs que nous avons, l'idée m'est venue d'entreposer chez vous, quelque temps, un ou deux ou cinq milliards de dollars. Nous pourrions peut-être envisager de faire quelque affaire ensemble. Mais à une condition : priez un certain Cimballi d'utiliser d'autres services que les vôtres... »

Et si vous doublez cette première série de démarches auprès des banquiers par des pressions similaires sur toutes les agences de courtage du monde financier, pressions dans le genre : « C'est ma clientèle ou celle de Cimballi, choisissez », si vous faites cela, vous interdisez pratiquement au Cimballi en question de travailler. Vous le paralysez et le privez de munitions. Cimballi se trouve dès lors porteur d'une grande pancarte dans le dos : « ATTENTION : PESTE BUBONIQUE. »

L'ouverture d'un deuxième front par les Corbeaux date du 27 juillet.

Ce qui se passe ensuite est très simple.

Moins compliqué, il n'y a pas.

L'Anglais part pour une tournée qui le conduira de nouveau au Texas, en passant par le Japon, Londres, la Suisse et New York.

Jo Lupino rentre dare-dare de Caracas, où il dansait la danse du scalp sur les Schlomm Dégoulinants ; il regagne New York et y reste.

Hyatt part pour une destination dont je reparlerai.

Philip Vandenbergh part pour Boston, Montréal et Londres.

Marc Lavater quitte précipitamment Saint-Tropez pour Paris et Rome, mon correspondant italien Adriano Letta l'attendant dans cette dernière ville ; après quoi Marc ira partager la raclette helvétique de Rosen et de l'Anglais (ils se retrouveront tous les trois à Zurich).

Le Turc et Ute, rappelés sous les drapeaux, partent, le premier pour Londres et la seconde pour les pays nordiques et également l'Allemagne, où elle fera jonction avec Rosen arrivant de Suisse...

Cette mobilisation générale a pour but de déterminer la profondeur de l'attaque imminente des Corbeaux, et les moyens de la parer. Toutes les consignes ont été données à chacun en l'espace de trois heures.. non pas par le téléphone, dont je me méfie, mais par le truchement d'un radio-amateur que l'Anglais m'a trouvé.

Le grand délire. Appellez-moi James Bond.

La vérité est que, malgré la gravité de ma situation, je m'amuse comme un petit fou. On ne se refait pas.

Pour moi, c'est encore plus simple, un vrai jeu d'enfant.

J'ai pris l'avion de Flint de Hong Kong jusqu'à Surabaya, dans l'île de Java ; de là, direction l'Australie, avec un plan de vol indiquant Sidney, où nous n'allons pas du tout ; Flint se pose en fait à Nouméa, Nouvelle-Calédonie, sous le savant prétexte technique, parfaitement faux, de « quelque chose qui ne va pas dans ce putain de réacteur gauche » (je cite Flint) ; en réalité, le réacteur gauche va tout à fait bien ; la preuve en est que Flint redécolle aussitôt...

... Sans moi, qui suis à bord de l'avion de Bangkok ; sur une intervention d'un ami de Lavater, de Paris, je n'ai subi aucun contrôle ; à Bangkok, le petit avion de tourisme qu'Hyatt m'a réservé m'attend au pied de la passerelle ou presque ; destination officielle : Rangoun, en Birmanie (et pendant ce temps Flint survole des milliards de moutons australiens)...

... Nous n'allons pas non plus à Rangoun ; je me retrouve à Kuala Lumpur, Malaisie ; petite promenade en hélicoptère jusqu'au détroit de Malacca ; l'hydravion y est, se dandinant sur les eaux bleues de Port Swettenham ; escale technique à Sandakan (c'est à Bornéo)...

Nous amerrissons à la tombée de la nuit, le 28 juillet, face aux lumières naissantes de Zamboanga, aux Philippines, île de Mindanao, dans la mer des Célèbes ; c'est un endroit plutôt retiré.

J'en ai vraiment assez des aéroplanes.

16

Le réveil est un émerveillement. Ma chambre à l'hôtel *Lankata* s'ouvre sur la mer et m'offre un fabuleux panorama de villages sur pilotis, strié d'une nuée de pirogues à balanciers dont les grandes voiles quadrangulaires aux dessins géométriques sont incroyablement bariolées. Un peu au large, j'aperçois une île dont je saurai qu'elle se nomme Santa Cruz, et qu'on l'appelle l'île des Coraux. Une perle.

Bien sûr, par la suite, je découvrirai que la cité lacustre, Rio Hondo, n'est qu'un pénible bidonville mais, pour l'heure, je reste sur ma bonne impression : je suis ici au paradis...

... Je suis également en train de prendre le petit déjeuner sur la terrasse de l'hôtel quand on prononce mon nom. Ils sont deux, l'un et l'autre philippins. Ce sont les copains des copains des copains de Hyatt. Leurs noms : Rizal et Sangali. Tous deux parlent couramment l'anglais. Les choses vont très vite : aucun problème pour me trouver une usine ; ils en ont même plusieurs à me proposer et imaginent un assemblage de plusieurs entreprises collaborant entre elles. Pas seulement à Mindanao mais aussi à Luçon, la grande île du nord où se trouve Manille.

— J'aurais préféré rester à l'écart de Manille, dis-je. On ne peut pas tout faire ici même, à Zamboanga ?

Ils sourient poliment de mon innocence : Zamboanga compte bien deux cent mille habitants mais, comment dire ? Le niveau technique local n'est pas précisément celui de l'école Polytechnique, bien que les immigrations récentes des Luçonnais l'aient un peu amélioré. La quasi-totalité des gens du coin pêchent ou cultivent le riz et le cacao ; on peut difficilement leur demander de fabriquer des microprocesseurs. Le principal obstacle est pourtant ailleurs : on pourrait à la rigueur faire descendre de Manille des équipes d'encadrement bien entraînées, mais il y a les maquis...

Quels maquis ? Je me creuse la mémoire et retrouve, très vaguement, le souvenir de guerilleros communistes. Sangali rectifie mon erreur :

— Ceux-là sont à Leyte. Ici, et dans l'archipel des Soulou, entre Bornéo et nous, il s'agit de maquis musulmans, financés par la Libye de Kadhafi, et dans une moindre mesure par l'Indonésie et d'autres pays islamiques.

Quelque chose dans son ton m'accroche. Je me hasarde à poser la question. Je découvrirai, une fois l'histoire terminée, qu'elle a sans aucun doute été la question la plus intelligente qui ait jamais passé mes lèvres :

— Musulman, vous-même ?

— Salam aleikoum, dit-il en souriant.

J'ai quitté l'hôtel *Lankata* et accepté l'hospitalité de Sangali. En dehors des heures de bureau, il arbore le bonnet blanc des hadji, et il a une mini-mosquée dans son jardin tropical.

Il m'a fait le coup du *tavacal,* de l'air de celui qui n'y croit pas du tout, tout en y croyant un peu quand même. Le *tavacal* est une tradition fétichiste locale : vous prenez un œuf de poule ordinaire ; avec un crayon-feutre ou du charbon de bois, vous divisez la coquille en cinq parties aussi égales que possibles ; vous chauffez votre œuf au-dessus d'un feu : selon que telle ou telle des cinq zones éclate la première, vous savez si vous allez avoir un fils, la varicelle ou un rappel d'impôts...

— Et en ce qui concerne notre affaire ?

(L'œuf m'a éclaté à la figure.) Sangali sourit :

— Je ne sais pas quoi, mais vous l'avez gagné.

Je vais me mettre au *tavacal,* moi aussi, car la situation s'annonce en effet excellente. Chaque jour qui passe me confirme que j'ai enfin réussi à tromper ces satanés Corbeaux. Ils doivent courir ventre à terre, croassant, dans le monde entier, se demandant où je suis passé. Rizal — c'est un vrai ingénieur qui a fait toutes ses études à Chicago — voyage entre Mindanao et Manille, où il recrute ses futurs cadres. Sangali prospecte de son côté, avec de très bons résultats, dans diverses usines. Tous deux opèrent, sur ma demande, avec une discrétion absolue.

Quant à moi, je ne fais rien, alternant piscine et promenades en mer. Je ne me montre guère, par prudence, et m'empiffre de cochon de lait farci, et d'un fabuleux chocolat fait de cacao frais moulu. Même si je dois revoir mon tailleur, c'est le paradis sur terre.

Jusqu'au 8 août. Le 8 août, ils débarquent de deux camions et d'une jeep. Vingt soldats et un officier : « Mister Franz Cimballi ? Veuillez nous suivre. » J'ai tout juste le temps de finir ma banane. Un avion militaire m'embarque à destination de Manille.

Pas un mot d'explication. De vrais militaires.

— Sans moi, dit-elle, vous seriez peut-être en prison. Accusé d'espionnage économique et militaire, d'aide à une rébellion armée...

— Et de vol de bananes, dis-je.

Elle replace entre ses lèvres rouges l'interminable cigare philippin et en tire une bouffée ou deux en me considérant d'un œil pensif. Ce n'est pas Patti Hall.

Elle a quarante ans et semble convaincue d'en avoir trente. Pour arriver jusqu'à elle, dans ce bureau monumental où elle trône, il m'a fallu franchir quantité de contrôles ; le premier d'entre eux dressé sur le pourtour de l'immeuble où des vigiles puissamment armés montaient la garde derrière une double frise de barbelés.

Nous sommes pourtant en plein cœur de Manille, dans le quartier ultra-moderne de Makati. Le détachement militaire qui m'a ramené de Mindanao ne m'a fait que peu de temps le plaisir de sa compagnie. J'ai eu droit à un simulacre d'interrogatoire ; on s'est enquis des raisons de ma présence à Zamboanga, où je suis arrivé si discrètement ; trop discrètement, pour une zone si trouble... « Mais renseignements pris, nous voyons bien que nous avons commis une erreur, vous êtes libre et si vous souhaitez retourner à Mindanao, un avion militaire vous y reconduira.. » J'ai dit non, merci. Je suis sorti. Deux jeunes play-boys en barong m'attendaient, quasiment à la porte ; d'évidence, ils me guettaient. Ils m'ont accosté, très courtois : accepterais-je de les accompagner, pour rencontrer l'une des personnalités les plus éminentes de ce pays ?

Cela sautait aux yeux, ils étaient de mèche avec les militaires, et mon arrestation n'était que comédie. L'armée s'y étant prêtée, la « personnalité éminente » devrait être bougrement éminente. J'ai dit oui aux play-boys. Ils m'ont fait monter dans une Cadillac climatisée, m'ont offert un verre, m'ont proposé une halte à l'hôtel *Manila* — « où un appartement a été retenu à votre nom » —, m'ont fait traverser la ville, de Quezon City la capitale, qui n'est guère qu'un quartier de Manille, jusqu'à Makati.

... Où je suis maintenant. Face à — comme ont dit les play-boys — « la présidente ».

— Non, dit-elle, il ne s'agit pas de bananes. Quoique je possède quelques plantations, par-ci, par-là, autant qu'il m'en souvienne...

Ce n'est pas Patti Hall, ni la célèbre Imelda Marcos, épouse du président philippin.

— Je ne vous voyais pas si jeune, dit-elle. On ne vous donnerait guère plus de vingt ou vingt-deux ans...

C'est une personnalité éminente, mais privée. Pas privée de grand-chose, d'ailleurs : selon les play-boys qui m'ont respectueusement dressé son panégyrique, Inès Corbalan (ce n'est pas son vrai nom) possède et dirige d'une main de fer diverses entreprises, sociétés et compagnies...

— Je suis allée une fois à Saint-Tropez. Très joli. Mais il y avait trop de monde.

— A votre prochaine visite, prévenez-moi : je ferai évacuer la ville. J'ai un copain gendarme.

... Entreprises, sociétés, compagnies et domaines parmi lesquels on peut citer des usines de produits pharmaceutiques, de caoutchouc, d'outillage électrique. Plus des affaires d'import-export et quelques rues. Plus de petits lopins de terre et, en particulier, une bonne centaine d'îles. Elle a aussi une banque, j'allais l'oublier. Bref, une Patti Hall des Tropiques, un peu plus miséreuse que ma Texane, tout de même.

— Rizal, dit-elle. José Rizal. Joli garçon, ma foi, de très belles épaules et un œil intéressant. Vous aussi, d'ailleurs, dans votre genre...

— Attendez de me voir en bermuda : dévastateur.

Mince sourire.

— José Rizal ne voulait rien dire, surtout pas votre nom. Il embauchait certains de mes employés mais refusait d'indiquer le nom de celui qui le finançait...

— Vous lui avez fait des chatouilles et il a craqué...

— Il avait je ne sais trop quels ennuis avec la police politique et j'ai heureusement pu faire quelque chose pour l'aider. Il a accepté la grosse situation que je lui offrais. Non sans raison : c'est un très bon ingénieur, outre ses jambes musclées. Vous aviez bien choisi, en ce qui le concerne. Je n'en dirai pas autant de ce Sangali...

C'est donc ainsi que les choses se sont déroulées... Je ne suis pas passé si loin de la victoire, en fin de compte. Je dis :

— Bien qu'il n'en consomme pas lui-même, Sangali a un cuisinier qui prépare le cochon de lait farci comme personne.

— Mais il n'est pas très catholique ; il est même musulman, un musulman de Mindanao, la pire espèce, par les temps qui courent. Je comprends votre calcul, notez bien : vous vous êtes dit que la solution à votre problème était de miser sur un particularisme ; par exemple religieux, dans notre cas. Jouer l'Islam contre la Chrétienté, que celle-ci soit catholique ou protestante...

Je ne dis plus rien. Plus un mot. Je pense. Et je sais dans le même temps que je peux faire une croix sur les Philippines, après la Corée du Sud, Singapour, Caracas et la Chine. J'ai à nouveau le nez dans le tapis.

— Il est vrai, reprend Inès Corbalan, que vous avez toujours eu d'excellentes relations avec les Arabes, avec un certain Hassan Fezzali en particulier. Je l'ai lu dans un article.

Elle tapote délicatement son cigare pour en faire tomber la cendre. Inutile de lui demander à quel article elle fait illusion : de mon fauteuil, je peux distinctement apercevoir la couverture du mazagine posé sur son bureau.

— C'est étrange, dit-elle. En d'autres circonstances, j'aurais accueilli avec plaisir et probablement accepté votre proposition d'une association. J'aurais mis une ou deux de mes usines à votre disposition, nous aurions fait affaire ensemble. Je ne sais pas grand-chose du marché mondial des jouets, je ne connais guère que *Mattel*, aux Etats-Unis, dont le chiffre d'affaires dépasse les six cents millions de dollars. Avec des produits nouveaux, on peut sans doute se faire une place, et cela m'aurait tenté. Mais plus maintenant. Entre femmes, on se soutient.

Je pense, pense, pense. Tout se mêle dans ma tête : fureur et déception au constat d'un nouvel échec ; pressentiment de quelque chose, d'un embryon d'idée en train de naître ; appréhension certaine devant cette nouvelle catastrophe qui s'annonce et où je reconnais la noire patte griffue des Corbeaux. Je demande :

— Puis-je jeter un coup d'œil sur votre magazine ? A Zamboanga, mon marchand de journaux n'avait que *Lui*.

— Je vous en prie, dit-elle.

Je me saisis de la revue. Je la connais, tout au moins de nom. Elle tire à des millions d'exemplaires en plusieurs langues et n'est lue que par des dames (un type qui en ferait ses dimanches devrait vite aller consulter son psychiatre). L'article s'étale sur douze pages, il est illustré de photos. C'est un pamphlet, un brûlot, on m'y assassine ; tous les détails de ma vie (qui n'est pas si longue) y sont malignement déformés. Mieux ou pire : pour la première fois dans l'histoire de la publication, un visage d'homme figure en couverture : le mien. Je viens d'être élu « Macho de l'année », titre spécialement créé.

Et je vais intenter un procès à ces femelles : elles ont choisi mon mauvais profil !

Marc Lavater, assis à la terrasse de *Sénéquier*, à Saint-Tropez, vautré dans l'un des fauteuils rouges, ricane :

— On a fini de jouer les pêcheurs de perle ?

— Les plaisanteries idiotes, je préfère les faire moi-même.

Je m'assois à côté de lui, commande le sacro-saint café glacé. Sur la table, une pile de revues en toutes langues. J'y suis partout, on ne voit que moi, « *Macho Of The Year* ». Dans quelques cas, on a repris les pires passages de la publication américaine. On est même allé jusqu'à se servir des circonstances de mon divorce. Je crois même...

— C'est écœurant, dit Marc, redevenu sérieux. Vraiment écœurant. Tous ceux qui te connaissent...

— N'en parlons pas, Marc. *S'il te plaît.*

... Je crois même reconnaître dans tout ce fiel ignoble l'apport de mon ex-beau-père et de mon vieil ennemi Martin Yahl, qui m'a volé soixante millions de dollars et vit encore, serein. Marc :

— Franz, on peut faire un procès. Tu gagnerais à coup sûr. Fais casquer cette petite vipère.

— Pas de procès.

J'ai encaissé le coup, à présent. Difficilement, mais ça y est. Je me suis relevé du tapis et je suis de nouveau prêt à combattre.

— Marc, on a pris contact avec Hill & Knowlbon ?

(C'est la plus grosse agence de relations publiques du monde, ayant pignon sur rue dans la Troisième Avenue à New York.)

— Je m'en suis occupé moi-même, avec Jimmy. Ils ont accepté l'affaire.

— Une bonne chose de faite.

Il m'arrive quelque chose d'étrange : je ne parviens pas à me concentrer. Cet embryon d'idée que j'ai eu face à Inès Corbalan continue de flotter, informe, sans que je puisse le transformer en une vraie et bonne idée. La date : le 12 août. Lavater encore :

— Désolé de te dire ça, mais les communiqués des autres fronts n'ont rien d'enthousiasmant. Tu as échoué aux Philippines, comme ailleurs. Quelles sont tes intentions ? Continuer avec d'autres pays de la liste ?

— Je ne sais pas encore.

— Pour l'autre attaque des Corbeaux, en direction des banques et des agences de courtage, je t'ai dit l'essentiel au téléphone. Je peux te le répéter, j'ai eu l'impression que tu ne m'écoutais pas. Qu'est-ce qui se passe, Franz ? Tu craques ?

— Non.

Je cherche désespérément à me souvenir des mots exacts prononcés par Inès Corbalan et je n'y parviens pas...

— Banques et courtiers, c'est la Bérésina, poursuit Marc. Ou la veille de la Bérésina. En ton absence, comme convenu, j'ai appelé les courtiers de Londres, Zurich et New York. C'est devenu perceptible au fil des jours, comme un barrage sur le point de craquer : tantôt on me faisait lanterner, tantôt je n'avais en ligne qu'un sous-fifre ; parfois les lignes restaient occupées pendant des heures. Je demandais qu'on me rappelle puisqu'Untel était absent et on ne rappelait pas...

Nom d'un chien, que m'a dit exactement Inès Corbalan ?

— Et pour les banques, c'est du pareil au même. Même sentiment d'une catastrophe imminente. Dis donc, si je t'ennuie, n'hésite pas à me le dire...

— Excuse-moi.

— Tu n'as pas l'air dans ton assiette, pas du tout.

— Je ne suis pas dans mon assiette : je suis dans une poêle à frire. Et les Corbeaux allument le feu de tous les côtés.

— De tous les côtés, y compris Dallas, où Paul Hazzard pleure des larmes de sang. Il supplie que tu ailles le voir, ou alors il viendra ici. Il...

Et je me souviens, à présent !

Inès Corbalan a dit, très exactement : « Je comprends bien votre calcul... La solution à votre problème était — *est,* Cimballi, pas *était* — était de miser sur un particularisme ; religieux, dans notre cas... »

A Manille, à la seconde même où elle a achevé de prononcer cette phrase, un bizarre déclic s'est produit. Un éclair dans la nuit, aussitôt disparu. Pendant cet instant, tous les gentils neurones de mon cerveau ont établi des contacts jusque-là inédits.

Cela s'est follement connecté, sous l'impulsion du moment, mais la communication a été interrompue. Moi, pendant ce temps-là, comme un crétin, je badais devant la mère Corbalan et j'étais hypnotisé, abattu, démoralisé par la couverture du magazine et son contenu. Forcément, je n'ai pas prêté attention à mes gentils neurones, ou pas assez. Résultat : depuis quatre jours, je tente de rétablir le contact.

Rien. Les communications refusaient de se faire. Taciturnes, mes neurones. Je me souvenais bien qu'ils s'étaient dit quelque chose, mais impossible de répéter l'association d'idées.

A hurler.

D'autant plus que cette intuition fulgurante mais enfuie ne m'avait laissé en mémoire que la certitude d'avoir entrevu d'un coup la lumière, et la solution à tous mes problèmes. D'un seul coup.

— Franz, tu as entendu ce que je t'ai dit, à propos de Paul Hazzard ?

— Il pleure des larmes de sang. J'ai entendu.

— Et tu sais pourquoi ?

— Parce que, à Dallas, les Corbeaux viennent d'ouvrir un quatrième front, je sais. *Marc, tais-toi un instant, s'il te plaît !*

Ça vient. ÇA VIENT ! Oh, Dieu de Dieu, ça vient ! Cela s'enclenche. Vous n'entendez pas ? Vous n'avez pas noté cette chose capitale dans tout ce qu'a dit Inès Corbalan ? Vous l'avez pourtant entendue comme moi, non ?

... La communication est rétablie, l'association d'idées se répète...

... Et par la barbe du Bailli de Suffren qui protège Saint-Tropez, quelle idée grandiose, Cimballi !

De quoi culbuter Patti Hall et plumer tous les corbeaux ayant croassé depuis le commencement du monde!

Si ça marche.

J'adore Saint-Tropez et ma chère Capilla !

3

Le pêcheur d'oiseaux

Pour les financiers, seul le bon sens est un diplôme international.

P. L. SULITZER

17

Quatre attaques. Avec ou sans le consentement de Patti Hall, les Corbeaux ont lancé contre moi quatre attaques.

La première contre mon affaire de jouets avec Li et Liu. J'ai déjà dû parcourir plus de cent mille kilomètres en avion, hydravion et hélicoptère, pour découvrir une faille dans leur dispositif. En vain, mais au cours de ces dernières heures, les choses viennent de changer. Je croise les doigts. On verra bien.

La deuxième a été lancée sur le terrain de la finance. Objectif : me couper de mes sources d'approvisionnement, me bloquer dans mes investissements, voire dans mes dépenses, m'empêcher d'être financièrement assuré de mes arrières. Peut-être même, si Heckl et Jaeckel en trouvent le moyen (et ils peuvent le trouver), m'interdire d'utiliser mes capitaux au moment voulu. Ne serait-ce qu'en retardant de quelques heures tel mouvement de fonds. Selon les cas, ce pourrait être dramatique.

Troisième théâtre d'opérations, cet article dans le magazine féminin, auquel d'autres publications du même type ont emboîté le pas. Marc Lavater me l'a rappelé : près de *soixante-sept pour cent* des capitaux privés sont aux Etats-Unis détenus par des femmes. De là à imaginer, puis à susciter une union sacrée de ces dames contre le *Macho Of The Year* Cimballi, il n'y a qu'un pas. Les Corbeaux sont sans doute en train de le franchir. J'ai en mémoire d'autres mots prononcés par Inès Corbalan : « On se soutient, entre femmes. » Je ne sous-estime pas ce type de danger. (Le procédé m'a en outre atteint au moral, j'ai mis plusieurs jours à m'en remettre.) Pour contrer l'attaque sur ce troisième front, j'ai fait appel à une agence de relations publiques. Première suggestion des spécialistes de la Troisième Avenue, pour retoucher mon image de marque : parler de l'adoption d'Heidi, la petite orpheline autrichienne. J'ai refusé tout net : qu'ils trouvent autre chose qu'une petite fille pour me défendre. Et j'ai expédié l'Anglais à l'assaut, afin qu'il détermine où, quand, comment, pourquoi et par qui cette saloperie d'article a vu le jour.

La quatrième attaque des Corbeaux a porté dans un secteur où je pensais que la bataille n'aurait jamais lieu : Dallas et son affaire d'immeuble. Dieu sait si Paul Hazzard m'avait juré que son amitié d'enfance avec Patti Hall nous mettrait à l'abri de toute offensive.

Il s'est trompé et comment !

Et il est bien triste, mon Texan de deux mètres cinq :

— Franz, je n'arrive pas à y croire. J'ai tout tenté pour joindre Patti et lui dire d'arrêter immédiatement. Rien à faire : elle est invisible et inapprochable...

Il écarte ses énormes mains d'ancien footballeur professionnel (football américain) et ajoute d'un air sombre :

— Unc trempe d'anthologie ! Il y a des années que j'aurais dû la lui flanquer ! Des années. Vingt-trois ans qu'elle me fait tourner en bourrique. Elle m'a successivement assommé et fendu le crâne avec une bonne dizaine de battes de base-ball, de clubs de golf, de crosses de fusil ou de Colt .45. Que je sois encore vivant me stupéfie. La première fois qu'elle m'a matraqué, j'avais cinq ans et elle quatre. Plus tard, quand elle venait me voir au collège, je me cachais dans les toilettes. Cette sale garce savait très bien qu'elle allait faire de moi la risée générale, avec les deux cents livres de sucettes à la fraise qu'elle m'apportait à chaque fois — en plus, j'ai horreur des sucettes à la fraise, et elle le savait. Quand j'ai commencé à jouer au football, pareil. Une fois, elle a loué le stade pour elle toute seule et, pendant toute la rencontre, dans les tribunes, toute seule, elle brandissait une pancarte : « *COME ON, PAUL!* » De rage, l'entraîneur ne m'a même pas fait jouer et les autres joueurs ne m'ont pas adressé la parole pendant deux mois. Franz, il n'y a pas de quoi rire...

— Je com-Patti.

J'ai fait mon astuce en français et il n'a rien compris. Mais il voit bien que je rigole, et demande, carrément lugubre, à présent :

— Et tu es venu faire quoi, à Dallas, à part te payer ma tête ?

— De la Dallassothérapie.

La pleine forme : j'enchaîne un à un les calembours les plus atroces, mais c'est plus fort que moi, je marche sur des nuages, je délire presque, chaque heure passée depuis l'illumination de chez *Sénéquier* me persuade un peu plus que j'ai décidément eu l'Idée du siècle, en tout cas de la décennie, ou du moins de l'année (bon, d'accord, disons du mois et n'en parlons plus), pour mettre les Corbeaux *knock out* pour le compte. Dans l'avion survolant l'Atlantique (dont je commence à connaître de vue, personnellement, chaque vague), j'ai concocté tous les détails de ma prochaine manœuvre. Elle est si secrète que j'évite d'y penser quand je suis devant une glace, de peur de m'en parler à moi-même.

... Par comparaison, la Bataille de Dallas me semble bien futile. Mais puisque je suis là :

— D'accord, Paul, qu'est-ce qui se passe, ici ?

Tout.

Tout ce qu'il est possible de faire pour empêcher quelqu'un de mener à bien une construction, quand on a tous les moyens du monde, tout l'argent du monde, quand on a de l'imagination et de la perfidie à en revendre sous enveloppe. Par tous les moyens légaux ou presque légaux.

— Du moins ne m'a-t-elle pas encore envoyé de tueurs professionnels, grommelle Paul avec une noire amertume. Ou alors ils m'auront raté sans que je m'en aperçoive. Et elle n'a pas non plus essayé de me faire casser la gueule dans un coin sombre...

Je me demande bien qui aurait la prétention ridicule d'affronter Paul Hazzard au corps à corps. Sur ses deux mètres cinq, il répartit très harmonieusement cent vingt bons kilos d'os et de muscles. Il passerait au travers d'une cabine téléphonique sans même s'en rendre compte. Et ce colosse parfaitement capable de m'écrabouiller avec son seul index est l'homme que les yeux violets de Patti Hall transforment depuis vingt-trois ans en punching-ball ?

— Mets-lui une bonne trempe, Paul.

Il n'est pas assez méchant pour ça.

— Tant pis, dis-je. D'ailleurs, ça ne réglerait pas forcément notre affaire. Donne-moi des détails.

Il entreprend de me raconter par le menu les péripéties de notre combat pour notre tour ; combat qu'il a mené seul, tandis que je vagabondais, notamment, à Caracas, Shanghai et Mindanao.

Nous aurions dû être à Dallas, la ville au monde qui compte le plus grand nombre de millionnaires (en dollars, SVP !) au mètre carré : douze mille sur une population de 800 000 habitants ! Par prudence, par crainte de micros cachés et autres manigances des Corbeaux, nous nous sommes secrètement donné rendez-vous au centre de la pelouse de l'Astrodrome de Houston, le plus grand stade couvert du monde, où cent cinquante mille spectateurs peuvent entrer. Autour de nous, tandis que nous parlons, des espèces de monstres rembourrés s'entraînent au football et dans leurs pattes le ballon a l'air d'une olive. Ils ne se préoccupent absolument pas de nous et de temps à autre se jettent les uns sur les autres avec des han ! de bûcherons. Je devrais jouer à ce jeu, je m'achèterais un tank.

Pour plus de sûreté encore, j'ai effectué la dernière partie de mon voyage sous un faux nom, que j'ai également utilisé pour m'inscrire à l'hôtel de Houston : Gardener.

... Or, voici que sur la pelouse synthétique un employé du stade marche vers nous, déroulant à mesure le fil interminable du téléphone qu'il transporte. Pas n'importe quel récepteur : celui-ci est enveloppé d'une énorme faveur rose :

— Appel strictement personnel à l'intention de M. Gardener, dit l'employé.

Je décroche :

— Mon très cher Cimballo ! s'exclame-t-elle. Qu'apprends-je ? On est au Texas et on ne vient même pas me faire la bise ? Après tout ce que j'ai fait pour vous ? Quelle ingratitude !

Deux secondes, puis, la voix infiniment plus sèche et impérieuse :

— Je veux vous voir immédiatement. J'ai à vous parler.

— Entendez-vous le *degüello ?* me demande-t-elle. Qu'est-ce que c'est que cette bête ?

— En espagnol : l'égorgement. Lors de l'ultime attaque contre les héroïques défenseurs d'Alamo, les tambours mexicains battirent le *degüello,* pour signifier qu'il n'y aurait pas de quartiers. Il n'y en eut pas, tous nos ancêtres furent massacrés. Vous devriez entendre le *degüello,* Cimballo. Distinctement.

Et moi je pense : « *Cimballi Franz, attention ! Pas un mot de trop ! Pour une fois dans ta vie, ferme ta grande gueule, s'il te plaît, si tu en es capable...* »

Je dis à voix haute :

— Je n'entends que la route qui poudroie et l'herbe qui verdoie. Mais aucun tambour.

— Ils commencent à battre.

— *No hay mal que por bien ne venga* — il n'est pas de mal dont il ne sorte du bien. J'aime la musique.

— Vous êtes battu à plates coutures, mon cher Cimballo.

Je me tais. Absolument incroyable : je réussis à me taire. Ça m'éberlue moi-même. Je laisse le silence tomber.

— J'ai des tas de photos de vous, reprend-elle. Je me demande laquelle je vais choisir, pour l'encadrer parmi mes trophées : celle où vous pataugez ridiculement dans la gadoue vénézuélienne ? Ou celle de Shanghai, quand vous faites les yeux ronds devant O'Shaughnessy et sa locomotive ? Ou peut-être celle-ci, lorsque vous descendez de l'avion militaire à Manille, encadré par vingt soldats ? J'hésite.

Continue à te taire, Cimballi. Garde le silence écrasé des vaincus...

— Cimballo ?

— Je suis là.

— Vous vous êtes bien défendu. Je viens d'apprendre l'affaire de Caracas, comment vous avez cédé l'usine de ces deux imbéciles de *Colonia Tovar* à leurs propres ouvriers. Et avec mon argent, en plus. Bien joué. Mais j'ai gagné sur l'essentiel : vous êtes quand même reparti bredouille.

Je m'entends dire « merci » d'une voix aussi mourante que possible.

— On ne gagne pas contre les Hall de Dallas, on n'a aucune chance contre eux.

— « Et le Huitième Jour, Dieu Créa Le Texas... » je sais.

— Vous n'aviez pas l'ombre d'une chance. Et encore n'ai-je pas laissé la bride sur le cou à Heckl et Jaeckel...

— Deux belles ordures.

— N'est-ce pas ? dit-elle fort gaiement. Je vous avais prévenu : laids, sales et méchants... J'aurais accepté toutes les propositions qu'ils m'ont faites, vous seriez... disons beaucoup plus mal en point.

— Paul Hazzard ne mérite pas ce que vous lui faites.

Y a-t-il eu chez elle, à cette seconde, une légère hésitation, ou bien l'ai-je rêvée ?

Quoi qu'il en soit, elle dit :

— Tant pis pour lui. Je lui avais offert de rompre son association avec vous, de vous abandonner pour rejoindre mon camp. Mais ce grand imbécile a refusé. Question d'honneur, paraît-il. Ce doit être en jouant au football, à prendre tous ces coups sur la tête qu'il est devenu idiot. Mais il l'a toujours été. Passons, qu'importe, je le dédommagerai. Ce n'est qu'une question d'argent. Parlons sérieusement...

Lueur de férocité dans le violet des prunelles :

— J'exige une capitulation sans condition, Cimballi. Je ne plaisante pas, soyez-en sûr. Je suis une Hall. J'ai sous les yeux la liste complète de tous vos investissements sur le continent américain. Je veux que vous y renonciez. Vendez tout. A moi, bien entendu. Je vous paierai un juste prix, ne craignez rien. De même, renoncez à votre association avec ces Chinois de San Francisco naturalisés de fraîche date. Et bien sûr, fichez le camp de Dallas. Je ne veux plus vous y voir. En fait, je ne veux plus vous voir aux Etats-Unis, dans aucun de nos cinquante états, même pour vos vacances. Idem pour les Bahamas. Je vous frappe de proscription pendant un an. Dans douze mois, selon mon humeur du moment, j'aviserai. Peut-être vous autoriserai-je à poser à nouveau le pied sur le continent nord-américain. Voire à miser dix dollars à Las Vegas, pas plus de dix dollars...

Elle rit, très contente d'elle-même.

Et moi je tremble...

De rage. Toute ma joyeuse humeur précédente s'est soudain envolée devant cette incroyable, cette folle arrogance de chef d'état décrétant mon expulsion. Pour l'une des très rares fois de ma vie, même mon sens de l'humour m'abandonne, remplacé par une fureur quasi meurtrière. J'ai presque failli me trahir, à cette seconde, et flanquer en l'air toute la stratégie que j'avais conçue...

Mais elle continue de parler et c'est sans aucun doute ce qui me sauve, en me donnant le temps de recouvrer une partie au moins de mon calme :

— Cimballi, transgressez un seul de mes ordres et je lâche mes chiens sur vous. Ils vous déchiquèteront avec une efficacité dont vous n'avez pas idée. Nous ruinerons chacun des investissements que vous avez faits, nous nous attaquerons à vous mais aussi à vos amis. Ça se remet en cause, une naturalisation, surtout quand les intéressés viennent de Hong Kong, qui est plein d'agents communistes. Et nous vous poursuivrons partout dans le monde, même chez vous. Je peux perdre tout l'argent que je veux, je n'ai pas de limites.

L'énorme vague de rage qui a manqué de m'emporter est passée. *C'est le moment, Cimballi...* Je dis :

— Et si je réussis à faire quand même fabriquer ces jouets ?

— Vous n'y arriverez pas. Où que vous alliez dans le monde.

— Mais si j'y arrive ?

Silence. Patti Hall est tout, sauf idiote. C'est une Hall de Dallas, on me l'a assez répété. Mais justement : je mise sur son invraisemblable orgueil et, plus curieusement, sur un autre de ses traits de caractère : une espèce de droiture, dans la férocité.

Elle a pris le temps de réfléchir, avant de dire enfin :

— Vous voudriez poursuivre le combat et surtout le réduire à ce seul petit affrontement, à propos de jouets, c'est ça ? Earp contre Clanton, et notre OK Corral serait un magasin ou une usine de jouets. C'est ça ?

— Oui. Un combat d'homme à homme, sur un terrain convenu, à heure dite. Sauf si vous vous dégonflez.

Pèse tes mots, Cimballi !

Silence. Mes mains sont moites. Elle me fixe, finit par se mettre à rire doucement :

— Vous me tendez un piège, c'est évident. Que diable avez-vous en tête ?

— Demandez-le à vos Corbeaux. Ils ne m'ont pas lâché une seconde depuis des semaines, et savent absolument tout de moi, de ce que j'ai fait et peux faire. Vous êtes si sûre d'eux. Et de vous.

Silence encore. Moi aussi je la fixe...

Oh, mon Dieu, elle va dire oui !

Elle dit oui. Ou l'équivalent, puisqu'elle remarque :

— Il faut une limite dans le temps, une *dead-line.*

J'avais prévu cette demande. Et j'ai pensé à Li et Liu, qui eux aussi m'ont adressé un ultimatum et imposé un délai :

— Le 15 septembre prochain. Si le 15 septembre à midi vous n'avez pas en main trois modèles de mes jouets...

— Fabriqués en grande série. Et avec toutes les garanties que cette fabrication en série sera commencée et capable de se poursuivre.

— Trois modèles de mes jouets fabriqués en grande série et sortant d'une chaîne susceptible de tourner pendant un siècle. D'accord. Si à la date convenue je ne peux vous fournir ces trois modèles, j'aurais perdu. Je vous vendrai tout ce que j'ai sur ce continent et je le quitterai.

Nous nous sommes séparés. J'ai retrouvé Paul Hazzard, à qui je n'ai rien dit, absolument rien. Il a fini par renoncer à m'interroger, s'est remis à me parler de notre tour, des ennuis que lui fait la commission des permis de construire à propos du futur parc de stationnement de l'hôtel, que nous ne pouvons plus construire parce que les gens des Hall ont racheté à prix d'or cette option qu'il avait prise sur un terrain adjacent. Un procès nous coûterait des mois d'atermoiements. Et nous ne pouvons pas nous permettre de perdre du temps : la société hôtelière de Kapicki a naturellement exigé par contrat des délais précis de construction ; nous devons impérativement livrer la tour sous vingt-quatre mois, toute semaine de retard entraînant des pénalités énormes... et nous menant à la ruine. Je dis :

— Paul, il faut pourtant que tu te battes seul, j'ai plus urgent à faire. Et à propos, merci.

— Merci de quoi ?

— Patti t'a offert de t'associer avec elle en me laissant tomber. Tu as refusé. Merci.

Il se balance, gros ours gêné. Je l'aime décidément beaucoup.

... Mais je l'abandonne. On est le 15 août. Trente et un jours avant l'expiration de l'ultimatum double. Voici venu le moment de mettre en œuvre la première partie de mon plan né de l'illumination de *Sénéquier*.

Je m'envole pour le paradis fiscal le plus sûr du monde...

... Le plus grand du monde...

... Celui où l'infâme argent capitaliste est le mieux traité au monde : l'Union des Républiques Socialistes Soviétiques.

L'URSS.

18

Je peux le faire et vous pouvez le faire. Imaginons que vous ayez — simple hypothèse, quasi absurde par les temps qui courent — un peu d'argent de côté, et souhaitiez le mettre à l'abri dans un endroit à la fois tranquille et discret.

... Etant bien entendu que ces intentions sont de pure fiction. Votre respect des lois est inaltérable.

De tels endroits tranquilles et discrets existent. Vous pouvez y entreposer de l'argent, percevoir des intérêts et ne payer aucun impôt. Dans l'anonymat le plus hermétique. On pense à la Suisse ? Aux Bahamas ? Au Liechtenstein ? Aux Caïmans ? A Curaçao ? Ou à d'autres encore ?

Ce sont ce que l'on appelle des paradis fiscaux. Et en général, de charmants endroits très exotiques.

Pas Moscou. Les cocotiers y brillent par leur absence. Mais c'est pourtant un paradis fiscal. Accessible à n'importe qui, quels que soient sa nationalité, son opinion politique, son degré de fortune.

J'en ai eu la révélation par le truchement d'un prospectus, librement distribué. En tête, un dessin qui est déjà tout un programme : trois petits « hommes » qui respectivement se bouchent, l'un les oreilles, l'autre les yeux, et le troisième la bouche. Lisez les conditions générales de l'ouverture des comptes du type A. On y stipule (article 10) que la Banque s'engage à observer le secret le plus total sur l'identité du déposant — qui ne sera connu que par un numéro convenu. Un encadré précise : « Veuillez noter que la Banque pour le Commerce extérieur de l'URSS accepte d'épargner... les fonds des non-résidents en Union Soviétique ; ces fonds doivent être déposés en devises, strictement non-convertibles en roubles, sur comptes à vue et de dépôt. Les fonds, ainsi que leurs intérêts, sont libres de toute charge fiscale. » En outre, on vous informe obligeamment qu'on se tient prêt, à tout moment, à transférer vos avoirs dans n'importe quel endroit du monde, pourvu qu'il s'y trouve une banque. Toujours sous le sceau du secret absolu.

La banque-relais en Suisse est la Venechtorg à Zurich[1].

Et à Moscou, on peut s'adresser au département commercial : Pouchkinskaïa, numéro 9. Ou bien, si l'on veut discrètement acheter or et diamants : au 3-5 de Kopievski Pereoulok, toujours à Moscou. Téléphone : 296.32.54 et 296.33.20.

La fin justifie les moyens. Et l'Union Soviétique ayant un pressant besoin de devises, c'est une façon comme une autre de s'en procurer en offrant l'imperméabilité de ses coffres aux capitaux errants en quête de placements sûrs, secrets et rémunérateurs. Aucun risque de rétorsion de la part des grands pays occidentaux, peu désireux d'aller chatouiller le gros ours pour des vétilles (ou même pour des choses plus graves, d'ailleurs). Ce qui n'est pas forcément le cas d'autres paradis fiscaux, qui pèsent nettement moins aux plans économique, politique et militaire.

En bref, je vois mal comment les Corbeaux pourraient me chercher noise dans une banque soviétique où mon argent entrera, dont il ressortira chaque fois grâce à un code secret qu'un banquier russe et moi serons seuls à connaître. Avec la possibilité de le faire réapparaître n'importe où dans le monde.

1. Voir *Popov* (Edition° 1/Orban).

Dans la soirée du 12 août, après le café glacé chez *Sénéquier*, Marc Lavater et Adriano Letta, munis d'instructions écrites et cachetées dont eux-mêmes ne connaissent pas la teneur, sont partis pour une tournée intercontinentale.

But de la manœuvre (mais ils l'ignorent) : j'ordonne un massif et simultané mouvement de tous les fonds dont je dispose, en direction de trois banques suisses où, le 13 au matin (avant de m'envoler pour Dallas et de recevoir l'ultimatum de Patti Hall), j'ai ouvert des comptes à numéro et donné des instructions complémentaires.

L'argent arrive le 14 et le 16 au matin (le 15 étant férié).

Il repart aussitôt, en direction d'autres comptes à numéro dans d'autres banques.

Il n'y reste pas davantage, s'en va de nouveau en balade, de la banque A à la banque B, puis à la C, en repassant au besoin par la A — mais pas sur le même compte. Un mouvement brownien à rendre complètement fou quiconque voudrait le suivre à la trace.

Le 17 en fin d'après-midi, quittant l'abri d'une façade de la Paradeplatz à Zurich, où je l'ai finalement regroupé, il arrive enfin à sa destination finale. Il est en place.

Moi aussi.

La Place Rouge est noire de monde.

Il s'appellera ici Kyryll Tikomirroff, et pour le reste, c'est un homme de haute taille, cheveux châtains clairs, barbe courte, avec de superbes yeux gris-vert ourlés de longs cils sombres. Et un rire étincelant :

— Je me souviens de votre nom, et de vos débuts « *I AM HAPPY* » en pleine page, dans tous les journaux du monde [1]...

1. Lire *Money*.

Il mime un regard de reproche :

— Presque tous les journaux du monde : il n'y avait rien dans la *Pravda.*

— Faute de place. Votre secrétaire général avait prononcé la veille une courte allocution, qui occupait soixante-huit pages.

Enorme éclat de rire. Son français est parfait (et il parle également l'anglais et l'allemand). A mon arrivée à Moscou, il m'attendait dans le hall de l'hôtel *Rossya.* Je n'apprendrai que plus tard son niveau hiérarchique, et découvrirai alors qu'il est élevé. Mais je ne saurai jamais ses attributions exactes.

Il m'a demandé si le voyage m'avait fatigué, si je voulais me reposer un peu, si je souhaitais du thé, du café, du chocolat, de la vodka, du champagne de Crimée, ou n'importe quoi à boire ou à manger. J'ai répondu non à chaque fois. Nous marchons au long des murailles rouges du Kremlin. La cathédrale Basile-le-Bienheureux est à droite (bien entendu), le mausolée de Lénine à gauche (évidemment). Je demande :

— Affaires étrangères ?

— Pas vraiment, dit-il.

— Affaires économiques ?

— Oui et non.

— Gépéou, NKVD, KGB ou tout autre machin de ce genre ? Vous êtes quoi, au juste ?

Il regarde de tous côtés avec la plus extrême circonspection. Il me prend par le bras, se penche et me souffle à l'oreille : « Je peux vous confier un secret ? »

Interloqué : « Oui ».

Il chuchote carrément : « Je suis l'espion principal, pour l'Union soviétique, d'Heckl et Jaeckel, les Corbeaux de Dallas. »

Sur quoi, totalement ravi, transporté, dévasté par son propre humour, il pleure de rire, plié en deux, et je crois même qu'il va tomber par terre, sous l'effet de son hilarité.

Ah, c'est malin !

Comment connaît-il le nom d'Heckl et Jaeckel ? Par les fonctionnaires-banquiers soviétiques en poste à Zurich, qui ont reçu la visite d'une véritable délégation diplomatique de l'empire Hall, tentant de forcer les barrages que j'ai dressés sur la piste de mon argent. Mais oui, en vain, évidemment. Qu'est-ce que je crois ? « Nos banques socialistes valent celles de Suisse, pour le mutisme. Et d'ailleurs, vos adversaires n'étaient même pas sûrs que vous étiez passé par nous. Ils étaient déroutés, visiblement. Ils faisaient une à une toutes les banques, et sont venus chez nous comme ils sont allés ailleurs. » Non, que je me rassure, mon argent est en sûreté. Quant à l'autre problème qui m'a amené en Union soviétique...

— Je peux vous appeler Franz ?

— Bien sûr, Kyryll.

— Votre problème est réglé. Une usine va travailler pour vous. Elle a déjà été désignée. Et puisque vous êtes si pressé, nous serons ce soir à Samarcande.

... Dans les steppes de l'Asie Centrale.

L'idée qui m'a conduit ici est d'une simplicité lumineuse. C'est Inès Corbalan qui me l'a soufflée, sans le savoir : opposer aux Corbeaux la formidable puissance d'un particularisme — en l'occurrence et dans le cas des Philippines, la religion, et plus spécialement l'Islam.

Avec toutefois des précautions et des limites.

Par exemple, je ne pouvais pas faire appel à mon vieil ami Hassan Fezzali, pour une fois ! S'il est musulman, et gère des fortunes colossales, il le fait au nom d'émirs arabes particulièrement liés aux Etats-

Unis — aux grands pétroliers texans notamment. J'aurais mis Hassan dans l'embarras et Heckl et Jaeckel auraient eu trop beau jeu de me contrer.

J'ai même envisagé, sautant d'idée en idée, de me rendre en Libye chez un certain colonel Khadafi. Auprès de lui, les Corbeaux avaient vraiment peu de chances de trouver une oreille attentive. Mais il n'est pas précisément mon chef d'état préféré, bien qu'il présente des avantages ; le barrage religieux anti-Corbeaux aurait été doublé d'un barrage politique...

Politique.

Le mot m'a fait presque bondir sur ma chaise rouge (!) de chez *Sénéquier*. Cimballi, abruti considérable, pourquoi n'y avais-tu pas pensé plus tôt ? Quel pays au monde présente ces trois particularités d'être peuplé de musulmans par dizaines de millions, d'être technologiquement assez équipé pour répondre illico à ma demande, d'être enfin hors d'atteinte des griffes des Corbeaux ?

L'URSS.

Et l'URSS présente en outre tous les avantages (à titre provisoire s'entend...) d'un paradis fiscal. Je faisais coup double. Cela tenait. J'avais ma solution.

J'en ai immédiatement testé la vraisemblance et la possibilité. Je connais un homme qui, s'agissant de traiter commercialement avec les Soviétiques, est l'un des meilleurs experts du monde, en tout cas de France ; nous avions même opéré de concert, une fois. Au soir du 12, au prix de précautions extravagantes, j'ai réussi à le joindre au téléphone, chez lui, du côté de Perpignan. Je lui ai tout dit. Ça a failli le tuer... de rire. « Mais ça tient debout, FRRRRanz. Le déficit de leur commerce extérieur dépasse les cent milliards de dollars, ils seront intéressés. Ça prendra un peu de temps, bien sûr... — Justement : je n'en ai pas, de temps. » Silence. Il n'arrêtait pas de rire. Il m'a demandé : « Je peux leur raconter tes démêlés avec ta Texane ? — Si ça peut servir à quelque chose, oui.

— Et comment que ça peut servir ! Ils n'ont pas tant d'occasions de rigoler, au Kremlin. S'ils sont bien lunés... »

Je ne saurai jamais si j'ai oui ou non déclenché l'hilarité derrière les murailles du Kremlin (ça m'étonnerait, vu leurs têtes). Ce que je sais, c'est que les choses sont allées à une étourdissante vitesse, qui m'a laissé pantois. Que je leur aie dans le même temps confié pas mal de mon argent leur a peut-être paru un bon gage. Ou bien mon ami roulant les « r » avait-il plus d'influence que je ne l'avais espéré ? Toujours est-il que j'ai appris le 17 au matin que Moscou et toute l'Union soviétique m'ouvraient leurs portes, et que pour commencer on me donnait un visa en un temps record.

Et me voici à présent à Samarcande.

Le nom seul m'a fait souvent rêver. Dans le Tupolev, Kyryll a ravivé, comme à plaisir, mes vieux rêves, quand il n'en a pas suscité de nouveaux. Il m'a parlé d'Ouzbeks, de Grand Khan, de la Horde d'Or ; de Marco Polo qui n'est pas passé à Samarcande mais l'aurait tant voulu ; de Tamerlan le Seigneur de Fer, dont le tombeau orne la ville, entre cent mosquées et nécropoles, dont l'une abrite les restes d'un cousin de Mahomet, dit-on ; enfin de la Route de la Soie et du Thé qui prenait naissance ici, à ce carrefour de trente siècles entre Asie et Occident.

C'est une fantastique oasis dans le désert. Je la vois surgir aux premières lueurs rasantes de l'aube du 19 août, après l'interminable survol d'une terre ocre, ravinée par des rivières pourtant à sec, une terre inhumaine à partir de la Caspienne et de la mer d'Aral, jusqu'aux lointaines murailles enneigées de l'Hindou Kouch et du Pamir, autant dire l'Himalaya. Je vois d'abord des vallées vertes de vergers, éclaboussées par le rouge des champs de pavots. Puis apparaissent les cônes vernissés des medersas, les minarets. Je suis au pays de Lénine et Staline, des tsars du Kremlin que Cimballi a peut-être fait sourire, et je plonge d'un coup en plein Islam.

Ce soir à Samarcande, Kyryll et un autre homme m'emmèneront visiter le Reghistan, célèbre place délimitée par les écoles coraniques de cinq cents ans d'âge, rougie par les projecteurs d'un Son et Lumière local, et aussi le Gour-Emir, où est enterré Timour-Leng — notre Tamerlan ; et encore la nécropole de Chakhi-Binda, qui est La Mecque des musulmans d'URSS. Il y aura dans l'air une odeur d'épices, de menthe fraîche et de mouton rôti ; nous irons boire entre hommes le thé vert dans la *tchaïkhana* dont les murs arborent plus volontiers les moustaches rieuses de Staline que les physionomies des maîtres actuels du Kremlin. Demain, ils me traîneront au grand bazar kolkhozien, souk débridé où d'authentiques chameliers arrivent des actuels caravansérails de la Route de la Soie et côtoient des ânes, des transistors, des tracteurs... et des filles superbes cliquetantes de bracelets d'or pur. Tout cela sur fond de faucilles et de marteaux en néon écarlate et clignotant. Ils tenteront même de m'expliquer les différences entre Ouzbeks, Bachkirs et Turkmènes, à ne pas confondre avec les Tadjiks, Kirghizes et autres Tatars. A tous on doit sans doute enseigner dans les écoles : « Nos ancêtres les Popoffs étaient grands et blonds... »

L'autre homme avec nous s'appelle Alicher. C'est lui qui va me fabriquer mes foutus jouets.

Alicher porte le *tjubetek*, la toque argent et noire des Ouzbeks musulmans. Il me sourit, je lui souris et nos échanges culturels s'arrêtent là : il ne parle que son dialecte mâtiné de turc, et évidemment le russe. Je ne sais ni l'un ni l'autre. Kyryll nous sert d'interprète, tandis que nous parcourons l'usine sur la route de

Tachkent, entre une rivière à sec et une voie ferrée (le détail a son importance) qui va jusqu'en Chine et surtout jusqu'à Vladivostock. Sous les ordres d'Alicher travaillent deux mille quatre cents personnes.

— Et il peut me fabriquer mes jouets ?

— Tout ce que tu voudras. S'il a les plans.

— Je les ai avec moi. Il peut commencer quand ?

— Tout de suite pour certains jouets, mais pas pour tous. C'est une question de machines, qu'on doit faire venir de Tachkent, voire de Karaganda ou de Magnitogorsk. Mais je m'en suis occupé et ce sera au plus l'affaire de deux semaines.

Kyryll me sourit. La joie m'étouffe. J'ai gagné. Et j'ai mis la pile aux Corbeaux et à Patti Hall. Je dis :

— Il y a trois modèles notamment que je voudrais voir mis en fabrication sur-le-champ. Très urgent, « dyèlo otchyun srotchnoyé », comme vous dites à peu près en russe. Je voudrais mille exemplaires de chacun, emballés avec une faveur rose, à livrer par avion spécial dès que possible. Je fournirai l'avion ou paierai pour lui.

Pressentiment d'une catastrophe.

Les yeux gris-vert de Kyryll Tikomiroff me fixent, énigmatiques, peut-être amusés :

— Franz, il y a erreur. Alicher fabrique les pièces mais ne les monte pas. Ce sont les ordres que j'ai reçus.

Je fixe le Russe et l'Ouzbek, je n'en crois pas mes oreilles : qu'entendent-ils par là, fabriquer mais pas monter ?

Cela veut dire ce que cela dit : d'accord pour mettre en fabrication immédiate, dès demain, les pièces, toutes les pièces décrites et cotées dans mes plans... en commençant par ces trois modèles que j'ai choisis et que justement ils peuvent commencer à produire dans les prochaines heures, avant de s'attaquer aux autres, à mesure qu'ils auront les machines nécessaires. Ils m'en livreront autant que je veux, par centaines de millions si ça me chante, mais...

... Mais pour assembler ces pièces, il me faudra chercher ailleurs.

— Ailleurs qu'à Samarcande ?

— Ailleurs qu'en Union soviétique.

Et même, croit savoir Kyryll, ailleurs que dans n'importe quel pays du bloc soviétique.

Les ordres.

Irrévocables et inexpliqués. A prendre ou à laisser.

D'ailleurs, c'est mon intérêt, dit-il. Mes adversaires auraient la partie belle, aux USA, de mener campagne contre du matériel estampillé *made in USSR,* voire *made in Cuba.*

A moi de me débrouiller. Après tout, le train-qui-pose-ses-rails-lui-même ne comporte jamais que deux ou trois cents éléments différents à assembler, souder ou riveter ! Et il m'en faut au moins mille exemplaires, assortis de la preuve que la fabrication en chaîne est établie, sans quoi je n'aurai pas respecté mon marché avec Patti Hall, qui me fait obligation de présenter avant le 15 septembre, midi, trois modèles différents produits en grande série.

Procéder moi-même au montage (en me faisant aider de la moitié de Saint-Tropez) ne serait pas de jeu. Patti ne marcherait pas, à juste titre.

Je suis effondré, j'en ai assez, je craque. Sous mes yeux passe une caravane de chameaux ; sur ma gauche se dresse une manufacture de soieries trimillénaire ou peu s'en faut. Je suis au grand carrefour de la Route de la Soie. Tu rêves, Cimballi, tu n'as jamais cessé de rêver. Ou alors, pourquoi n'es-tu pas à Pampelonne, au lieu d'avoir les larmes aux yeux, dans les steppes de l'Asie Centrale ?

— Tu les veux, ces pièces, oui ou non ?

— Oui.

Elles quitteront Samarcande par train, pour des livraisons qui se feront à Vladivostock. Leur itinéraire : Samarcande, Tachkent, Alma-Ata, Semipalatinsk, Novossibirsk, Kransnoïarsk, Irkoutsk, Ulan-Ude, Chabarosk (c'est l'itinéraire du Transsibérien) et enfin la mer du Japon. Où j'aurai à prévoir un cargo.

— Ça va prendre un temps fou. Je veux les deux premières livraisons par avion, je paierai ce qu'il faudra. Et priorité à trois modèles : le train, le radar pour chats et le walkman sous-marin.

— Alicher sera prêt à livrer dans dix jours, ce qui est une performance. Tu les veux où, ces deux premières livraisons ?

Je n'en ai AUCUNE idée. Pas la moindre.

— Je te le dirai dans huit jours, Kyryll.

19

21 août. Paris, aéroport Charles-de-Gaulle. Après un vol sans histoire, je passe rapidement les formalités d'usage dans l'aérogare d'Air France. L'Anglais est là. Prêt à tout me dire sur l'affaire du magazine new-yorkais : « C'est une nouvelle machination de vos Corbeaux. Mais miss Hall n'y est pour rien. » Je le dévisage, incrédule. Il secoue la tête : « Pour rien. » Selon lui, l'alliée des Corbeaux est une milliardaire de Manhattan propriétaire de presque la moitié de celui-ci. Une walkyrie, qui rameute contre moi les femmes du monde entier, du Groënland à la Patagonie, en passant par Zanzibar et la Lorraine. « Vous voulez mon avis ? dit l'Anglais, je crois que Patti Hall elle-même est dépassée par les événements et les agissements des Corbeaux. »

... D'accord, dit-il encore, ce ne sont que des intuitions de sa part. Il n'a pas véritablement de preuve de ce qu'il avance. Mais sa conviction est faite : « Heckl et Jaeckel vous haïssent, personnellement. Par votre idée d'aller chercher refuge chez les Popoffs — ils sont farouchement anticommunistes — vous les avez non seulement vexés mais vous leur avez aussi infligé leur premier véritable échec. Je sais une chose certaine : ils ne sont pas seulement laids, sales et méchants, ils sont en outre d'une avarice paranoïaque. Or — c'est à n'y pas croire — ils utilisent leur propre argent pour vous contrer ; ainsi dans cette affaire de magazine, ils ont acheté eux-mêmes les photos, faute de pouvoir les facturer à miss Hall, qui avait refusé la manœuvre. *God Gracious !* Quant on les connaît !

— Où sont-ils ?

— Ils ont demandé un visa pour l'URSS, qui leur a été refusé. Ils en trépignent encore de rage.

— *Où sont-ils ?*

— Derrière nous. Dans la voiture bleue.

L'Anglais croit que je devrais m'entourer de gardes du corps — « j'ai quelqu'un de vraiment très bien, vous ne le verriez jamais vous-même, il s'appelle Marmaduke » — et croit aussi que je devrais faire assurer la protection de tous ceux qui me sont chers...

— Non.

— Vous avez tort. Poussés à bout, les Corbeaux sont capables de vous tuer.

— Non.

— ... Ou de s'en prendre à vos enfants.

— Non.

— J'insiste.

Non. Esplanade des Invalides, il arrête notre voiture devant une maison amie où, sur ma demande, on me prête une ligne téléphonique — façon de déjouer toute table d'écoute. A peu près sûr de n'être pas sous surveillance, je passe mes appels. A Saint-Tropez où tout va bien...

... A Dallas ensuite, à certain numéro que Paul Hazzard m'a désigné pour les cas d'urgence. Les nouvelles ne sont pas bonnes : pour contrer l'autorisation finalement arrachée par Paul de construire un parking souterrain, Patti a annoncé le creusement d'un métro ! Bien entendu, il passera sous notre tour, de sorte que même la construction de celle-ci est remise en cause. Je dis simplement à Paul : « Dans trois semaines, d'une façon ou d'une autre, tout sera terminé. » Je raccroche sans autres explications.

Encore et toujours, l'Anglais revient à la charge : selon lui, pour la première fois dans leur sale vie de Corbeaux, les volatiles de Dallas s'impliquent personnellement dans une affaire ; ils sont en permanence sur mes talons, et veulent m'abattre à visage découvert ; ils ne respectent pas leur stratégie ordinaire de manœuvre à distance, en tirant les ficelles ; c'est le signe d'un acharnement fanatique, dont il y a tout à craindre.

Lavater en ligne :

— Où en es-tu, Marc ?

Il est mort de fatigue. Voilà trente heures d'affilée qu'avec la collaboration de toute une équipe de juristes internationaux et d'économistes, il travaille comme un forcené pour trouver une réponse à la question que je lui ai posée de Samarcande (après moult difficultés pour obtenir la communication pour la Bourgogne, où il s'est lui-même réfugié) !

— Je crois que nous avons ce qu'il te faut, Franz.

— Et ça s'appelle ?

— Nauru. Prononce : na-ou-rou. Je parie que tu ne sais même pas où c'est.

Non, je ne sais pas où est Nauru. Jusqu'à cette seconde, j'en ignorais même l'existence. Mais Marc est formel : c'est l'endroit qu'il me faut, nous ne trouverons jamais mieux. Avec ses quinze ou vingt spécialistes de tout poil, il a établi un formidable dossier auquel, on le verra, il ne manque pas grand-chose.

Si toute l'aventure de Nauru prendra, par moments, les allures d'un opéra-bouffe, il n'en reste pas moins qu'il y aura eu, au départ, la plus sérieuse des préparations. Comme seront sérieux les résultats et les conséquences. Pour le reste — l'aspect drôlatique, farfelu, quasi carnavalesque — ce sera du supplément, rien d'autre que l'enveloppe. Sarah Kyle a raison : de quelque affaire que je me mêle, si grave que puisse en être le déroulement, arrive toujours un moment où la fantaisie surgit. Je n'y peux rien : c'est la joyeuse malédiction de Cimballi.

Les Corbeaux sont sur mes talons.

Ils le sont au propre et au figuré. Je les vois, de mes yeux. Ils sont sur l'esplanade des Invalides, immobiles, debout à côté de leur voiture bleue.

Ils regardent dans ma direction et, sans le moindre doute, me voient aussi, dans l'encadrement de la fenêtre.

— Et ils ne sont pas seuls, dit l'Anglais. Une demi-douzaine au moins de bonshommes les accompagne, discrètement disséminés.

— Et vos propres hommes ? Ils les suivent ?

Non.

— Ils suivent les Corbeaux qui me suivent ?

Oui. Mais l'Anglais pense qu'une deuxième équipe suit ses agents qui suivent les adjoints des Corbeaux qui me suivent. C'est décidément la caravane du Tour de France. Je me promènerais au Sahara que je distinguerais sans doute derrière moi, en file indienne, deux cents types se suivant les uns les autres. J'ai presque envie d'aller au Sahara, rien que pour voir...

Je n'en ai pas le temps. J'ai un million de choses à faire. Affronter Li et Liu, en premier lieu. Ils ont traversé l'Atlantique pour débarquer à Saint-Tropez, convaincus par Sarah de m'accorder un peu de répit, ou du moins de m'écouter sans aussitôt sortir l'artillerie. Ils logent au Mas de Chastelas chez Dominique et Gérard et, le charme du séjour aidant, se sont peut-être amadoués.

Pas au début : « CHEZ LES RUSSES ? Franz, tu es fou !

— Je n'avais pas le choix, vous savez ce que j'en pense. Mais leurs prix sont tout à fait intéressants, ils devraient tenir les délais et, s'ils sont capables d'expédier des fusées dans l'espace, ils doivent quand même pouvoir me fabriquer un train électrique, non ? Ils travaillent presque à perte, mais c'est leur affaire. Ils ont leurs raisons.

Ceci dit, sont-ils d'accord pour considérer que j'aurais tenu mon engagement (régler le problème des jouets avant le 15 septembre) si, à cette date, ils ont entre les mains trois modèles au moins de notre fabrication à venir, et la garantie d'une production en série ?

Ils hésitent. Je ne leur laisse pas le temps de répondre :

— D'autant plus, chers Chinetoques, qu'il n'y a pas qu'à vous que j'ai fait une telle promesse. A ELLE aussi. En fait, avec ELLE, c'est un peu plus qu'une promesse, appelons ça un pari, un règlement de comptes à OK Corral. Et si je gagne, ELLE se considérera comme battue et cessera de me, et de vous persécuter.

Ils me considèrent, sarcastiques :

— Et tu crois qu'elle tiendra parole ? Tu crois vraiment qu'elle stoppera ses Corbeaux, qu'elle mettra un terme à ses campagnes de presse, à cette guerilla bancaire, à tous ces emmerdements qu'elle nous fait ? Sans parler de toutes ces crosses qu'elle vous cherche dans sa bonne ville de Dallas, à Paul Hazzard et à toi ? Uniquement parce que tu auras livré sur son paillasson trois mille jouets fabriqués en ClaqueDuBecKistan, au fin fond de l'Asie soviétique ? Tu crois ça ?

— Oui, je le crois, dis-je avec une conviction d'autant plus apparente qu'elle n'est absolument pas sincère (j'ai quelques doutes sur la bonne foi de Patti).

... Mais je le crois aussi parce que j'ai eu une autre idée. « Géniale, comme d'habitude, Célestes Cinglés. » Une idée qui, avec la livraison de trois mille jouets franco de port et d'emballage, avant le 15 septembre, devrait mettre Patti la Texane définitivement *knock out*, en tout cas hors d'état de nuire. Dès que mon autre idée sera mise en œuvre, elle nous fichera la paix, parole de Cimballi.

Li et Liu sont perplexes et je vois bien qu'ils commencent à être ébranlés :

— Et c'est quoi, ta nouvelle idée mirobolante ?

— Pour l'instant, je la garde pour moi. Secret professionnel.

Pour l'instant, on s'occupe des jouets et de rien d'autre. Ils veulent m'aider, oui ou non ? Ce sont leurs jouets, après tout, aussi bien que les miens. Ils me ressortent le vieux refrain : c'est ma faute s'ils sont dans cette patouille; d'ailleurs, je ne suis pas un homme sérieux, surtout pas un financier sérieux et ils soupçonnent même — crime suprême à leurs yeux bien qu'ils aient beaucoup d'humour — que je ne prends pas la Finance au sérieux, ni l'argent...

... Leur rancœur ainsi apaisée, voici que leur curiosité s'éveille. Je pressens que leur humour ne va pas tarder à refaire surface. Ils posent des questions : Pourquoi Samarcande ? Pourquoi cette usine-là ? Quelles sont ses capacités ? Et comment seront effectuées les livraisons ?

Réponses : ce n'est pas moi qui ai choisi Samarcande, mais les Moscovites; entre les dizaines ou les centaines de milliers d'usines d'URSS (si Li et Liu veulent des chiffres plus précis, qu'ils s'adressent à la CIA ou au Kremlin), les gens de Moscou ont sélectionné celle-là. D'abord, je suppose, parce que son équipement, en hommes et en matériel, convenait; ensuite pour des raisons qui les regardent : peut-être l'un de leurs plans quinquennaux s'est-il révélé encore plus bidon que les autres ? Ou bien Alicher et ses camarades stakhanovistes ont-ils exécuté en quinze jours ce qu'on leur avait donné à faire pour cinq ans ? Qu'est-ce que j'en sais ?

Pour les livraisons, j'explique le cheminement par le Transsibérien (qui amuse finalement mes Chinetoques) et, avant qu'on utilise le rail, pour gagner du temps, et on se servira d'un avion...

— Que je paierai, rassurez-vous.

En tout cas, j'ai déjà tout réglé : la première livraison aura lieu le 2 septembre. Un appareil soviétique transportera les containers enfermant les pièces détachées de Samarcande à Karachi, au Pakistan, où les prendra un autre avion, dont mon ministre de l'Air, Flint, a assuré l'affrètement...

— Et les Corbeaux, Franz ? Tu vas faire tout cela avec les Corbeaux perchés sur ton épaule ?

Sauf à louer des tueurs à gage pour pulvériser Heckl et Jaeckel — ce qui n'est pas précisément ma façon ordinaire de concevoir les affaires —, je ne vois pas comment je pourrais opérer autrement.

— Il faudra bien faire avec...

En réalité, j'ai d'ores et déjà quelques petites idées sur la façon dont je vais m'y prendre...

Je suis à Saint-Tropez et bien entendu les Corbeaux y sont aussi. Nous avons pris le même avion de Paris à Nice. Ils ne se sont même pas mis en colère, et sont demeurés parfaitement impassibles quand, avec la complicité amusée d'une hôtesse, je leur ai fait servir sur un plateau deux grands sacs de graines pour perruches, tout spécialement achetés dans la capitale, quai de la Mégisserie.

Ils ont arpenté Pampelonne, mortellement indifférents aux quolibets des baigneuses nues et, sur le port tropézien, entre l'Annonciade et la tour Daumas, ils ont pareillement déambulé, leurs yeux perçants et fixes de corbeaux constamment dans les miens, vêtus toujours de noir des pieds à la tête, cravatés et chapeautés de même, jusqu'à leurs ongles qui portent déjà mon deuil, cherchant à m'impressionner et à me convaincre de la haine qu'ils ont pour moi.

Avec Li et Liu, prenant les précautions les plus

extrêmes, nous avons longuement étudié le dossier ultra-secret établi par Lavater. Marc a très méticuleusement souligné et mis en exergue tout ce qui, dans ce dossier, pouvait être utilisé comme une arme — par les Corbeaux aussi bien que par moi. Puisqu'il est désormais certain que nous allons devoir livrer bataille, et que cette bataille sera décisive.

Simplement, j'ai sur les Corbeaux cet avantage d'avoir pu choisir le terrain de ce combat final. Heckl et Jaeckel ignorent où je vais aller.

Du moins, je l'espère. Je préfère ne pas penser à ce qui pourrait se produire dans le cas contraire.

Le 22 août, à la tête de mes troupes, je m'envole de Nice à bord de l'avion de Flint. Immédiatement derrière nous, en une filature insensée et implacable qui me fait tressauter le cœur, les Corbeaux prennent l'air dans le 747 spécial de Patti Hall.

Destination Nauru, via Port-Moresby en Nouvelle-Guinée.

Pour la seconde guerre du Pacifique.

20

Nauru.

Ça existe vraiment, mais ce n'est nulle part, à quatre mille kilomètres de la vraie ville la plus proche : Tokyo, Melbourne, voire Nouméa. Prenez un terrain de football ordinaire, en son centre écrasez un œuf (de pigeon), vous aurez des proportions exactes de Nauru telle qu'elle apparaît dans l'immensité du Pacifique sud. L'autre île habitée la plus proche est à huit cents kilomètres à l'est : les Salomon sont à dix-sept cents kilomètres dans l'ouest; les Nouvelles-Hébrides au sud à deux mille kilomètres; les Carolines dans le nord, encore plus loin.

Superficie : 21 kilomètres carrés, 2 129 hectares. Soit un peu plus que Porquerolles, quatre fois moins que l'île de Ré.

Population : à peine 6 000 habitants dont moins de 3 000 Nauruans, les autres étant des étrangers : Gilbertiens, Européens et Chinois.

C'est un pays indépendant. Par comparaison, la république de Saint-Marin, les principautés du Liechtenstein et d'Andorre s'étalent voluptueusement sur respectivement 61, 159 et 465 kilomètres carrés, avec des populations variant entre 18 et 21 000 habitants.

Dans le dossier établi par Lavater, il y a des photos (où diable se les est-il procurées ?) Je les pose devant moi, dans l'avion. L'île de Nauru se présente comme un ovale, légèrement enfoncé côté gauche (quand vous arrivez de Saint-Tropez). La topographie est miraculeusement simple : tout d'abord, un récif annulaire de corail qui montre ses dents à marée basse et interdit l'approche de tout bâtiment d'importance : on ne peut passer la barrière coralienne qu'en pirogue, il n'y a pas de port à Nauru. Les coraux franchis, vous entrez dans le lagon, qui est donc circulaire. Dès lors, à terre, pas de problème : vous avez devant vous une frange littorale d'environ trois cents mètres de profondeur, où poussent cocotiers, bananiers, manguiers, papayers et pandanus, où habitent les six mille fous et folles qui vivent sur cette tête d'épingle.

Mais ne comptez pas aller plus loin dans l'intérieur de Nauru : tout le centre de l'île est occupé (à la seule exception d'une petite lagune d'eau saumâtre, non potable, au sud) par une sorte de camembert terrifiant et lunaire, haut de plus de quarante mètres, qu'on dirait déchiqueté à grands coups de couteau par un Jack l'Eventreur titanesque ; dressant des millions de stalagmites blanchâtres, ce camembert occupe la moitié de la superficie de l'île, soit dix kilomètres carrés...

... Et il est fait du phosphate le plus pur du monde.

Car voici la première vérité de l'étonnante Nauru : cet état microscopique est l'un des plus riches de la planète. Et ce sera l'une des premières difficultés que j'aurai à surmonter : comment convaincre de travailler avec moi, pour monter des jouets, des gens qui, par tête, ont un revenu un peu supérieur à celui du Suisse de base... A NE STRICTEMENT RIEN FAIRE, puisque ce ne sont même pas eux qui exploitent leur phosphate !

Ils ne l'exploitent pas eux-mêmes, mais perçoivent les revenus de la société anciennement anglo-australienne, aujourd'hui nauruane (ils l'ont rachetée avec les redevances versées par les Britanniques) qui travaille sur le gisement depuis 1906. Tout l'argent reçu est divisé en deux parts : un quart est distribué aux actionnaires — sont actionnaires TOUS les citoyens de Nauru —, et les trois autres quarts sont judicieusement investis, placés dans le monde entier. Ces petites économies représentent une trentaine de millions de dollars par an (pour 2 900 et quelques individus !)

Exemple cité par Lavater de ces investissements : il existe en plein centre de Melbourne un immeuble-tour de cent dix étages — soit la plus haute construction humaine de tout l'hémisphère Sud — où est fièrement planté le drapeau nauruan. Nauru en est la seule propriétaire.

Cette épargne si intelligemment gérée répond à un souci : le gisement de phosphate nauruan sera épuisé vers 1992. Peu importe : à cette date, chaque nauruan disposera d'un revenu à vie de cent mille francs constants par an. *Toujours sans en fiche une rame,* et nets d'impôts évidemment ; nets de tout, en vérité. « Franz, m'écrit Marc, cela pourra t'apparaître de prime abord comme un obstacle, cette indépendance totale des Nauruans à l'égard de l'argent. Mais l'arme essentielle des Corbeaux étant les six milliards de dollars de Patti Hall, songe qu'ils seront encore plus mal lotis que toi... »

A preuve de cette merveilleuse indépendance d'esprit, qui confine à l'indifférence absolue, le fait que sur Nauru on ne paie aucun impôt d'aucune sorte. Routes, écoles, hôpitaux, tous les services publics sont pris en charge par l'Etat. Sont également totalement gratuits : les timbres, l'essence, l'eau, l'électricité...

Quant au téléphone, il est unique au monde. Chaque cabine s'orne d'un panneau : « *S'il vous plaît, ne mettez PAS d'argent dans l'appareil. Ça le détraquerait.* »

Et tout ceci est vrai.

Athènes, Karachi, Singapour, Darwin puis port-Moresby, en Nouvelle-Guinée. A chaque escale, le 747 estampillé du « P.H. » rose bonbon des Corbeaux s'est posé derrière nous, est reparti en nous suivant. Nous, c'est-à-dire Li et Liu, plus Ute Jenssen et Papa Ute, qui ont insisté pour venir, affirmant qu'ils voulaient m'aider.

Hyatt nous attend à Port-Moresby. Il contemple avec ahurissement les Corbeaux noirs débarquant de l'avion marqué de rose, avec leur escorte d'une trentaine d'hommes et de femmes.

— Qu'est-ce que c'est que ça, nom de Dieu ?

— L'ennemi.

— Et vous voyagez ensemble ?

— L'un derrière l'autre, comme les Indiens. Nous nous rendons sur le champ de bataille. Tu me l'as trouvé, ce bateau ?

Il l'a, dit-il, avant de se lancer dans des explications interminables, comme d'habitude, à seule fin de m'administrer la preuve de son habileté infernale. Je coupe court :

— Le bateau, Hyatt. Où est-il ?

— En pleine mer. L'était quelque part entre Bougainville et Choiseul, dans les Salomon. Il rentre à Moresby, il sera là demain, à midi au plus tard.

Port-Moresby est une ville de même pas cent mille habitants, mais sa situation est superbe, au cœur d'une baie encastrée dans les montagnes de l'Astrolabe. Et c'est plein de Papous pimpants — il est vrai que c'est leur capitale. Hyatt renifle sarcastiquement. L'un de ses avantages à mes yeux, c'est qu'il mesure trois centimètres de moins que moi (la chose n'est pas courante). Il relève le menton et dit :

— Et je te préviens, Cimballi : le capitaine Hodiak est encore plus fou que toi, tu vas trouver à qui parler...

Je soupire : la malédiction de Cimballi va encore frapper, je le pressens. Déjà, au cours du voyage où j'ai eu pourtant les nerfs pas mal tendus, Li et Liu sont pratiquement revenus à leur bonne humeur ordinaire, ils n'ont pas cessé d'élucubrer. De son côté, Ute a vampé l'un des équipiers de Flint et Papa Ute quant à lui n'a pas cessé de réviser le contenu de trois valises pleines de prospectus en danois.

Et me voici bientôt aux prises avec un capitaine Haddock... pardon, Hodiak !

Sur la piste néo-guinéenne, les Corbeaux sont à vingt mètres de moi, me trouant de leurs prunelles noires et glacées, se demandant sans doute ce que diable je suis venu fiche chez les Papous pimpants, à l'autre bout du monde.

Leur incertitude ne va guère durer. Nous repartons de Moresby, Flint toujours aux commandes.

Le vide infini du Pacifique sous nos ailes.

Nous nous sommes posés sur l'aérodrome, enfin sur la piste de Naru, qui sert aussi de route nationale et unique. La manœuvre prévue s'est effectuée : Flint a fait tout ce qui était humainement possible pour réduire la longueur de son atterrissage et, sitôt qu'il a pu, il s'est hâté d'exécuter un demi-tour...

A présent, il campe obstinément avec son appareil au beau milieu de la piste, interdisant toute nouvelle arrivée. La consigne est évidemment d'empêcher le 747 paré de rose de toucher le sol nauruan. Flint hurle de rire, très content de lui (il adore toutes les situations imbéciles de ce genre). Demande : « Et je dégage quand ? — Le plus tard possible. » Il s'enferme à double tour dans la cabine de pilotage, refusant de comprendre les signes de l'homme de piste nauruan, après avoir coupé tout contact radio.

Philip Vandenbergh porte un éblouissant costume tropical. Il boude. Il n'a pas du tout apprécié de quitter précipitamment New York. Il a sur le cœur toutes ces heures d'avion qu'il a faites, et goûte moins encore de s'être échoué sur cet atoll perdu en plein Pacifique. A son avis, « toute cette aventure est éminemment stupide, caractéristique de certains soi-disants hommes d'affaires ». C'est de moi qu'il parle.

... Mais au moins, a-t-il fait sur Nauru, où il m'a précédé de sept heures, ce que j'avais demandé qu'il fasse ?

Oui.

— Le Président vous attend, dit-il à contrecœur.

Nous montons dans une Land-Rover, prenons la route (difficile de se tromper !) de Yangor, qui est la « capitale » de Nauru.

Au-dessus de nous, dans un beau ciel tout bleu, les Corbeaux dans leur avion bariolé de rose décrivent de très rageurs cercles concentriques, faute de pouvoir atterrir.

Le Président est tout à fait charmant. D'après mes fiches, il a soixante-huit ans, a été élu en mai 1968 lors de l'indépendance et a été réélu deux fois depuis, aux termes de la constitution nauruane, qui est de type présidentiel. Tous les rapports concordent à son propos : c'est un homme intelligent, bienveillant, pacifique, qui gère les bénéfices de la compagnie phosphatière avec une exemplaire sagesse (l'idée d'épargner l'essentiel des royalties en prévision des années de l'après-phosphate est de lui). Il est charmant mais secoue la tête avec un sourire :

— C'est une proposition pour le moins originale...

— Assembler des jouets n'est pas polluant. Et si nos chiffres sont exacts, 1 650 de vos concitoyens pourraient y travailler. Sans excès : disons deux heures par jour ouvrable, avec la possibilité de roulements. Un travail à la carte, et dans la bonne humeur générale. C'est amusant, des jouets. Surtout des jouets qui, dans le monde entier, seront estampillés « made in Nauru »...

— Mes concitoyens ont tous les moyens de vivre sans travailler.

— Mais l'oisiveté est la mère de tous les vices.

Et ainsi de suite Le débat devient carrément philosophique. Je déploie tous mes arguments en batterie : l'extraction du phosphate qui va cesser, d'ici dix ou douze ans, sinon avant, le reflux des étrangers qui s'ensuivra, la fin de toute activité sur Nauru, l'isolement définitif, l'émigration probable et même certaine de tous les jeunes Nauruans, ceux-là mêmes dont le Président a financé les études en Australie, en Grande-Bretagne ou aux Etats-Unis...

Le tableau que je dresse est apocalyptique.

... Et pendant ce temps-là, les Corbeaux continuent de nous survoler, leur avion passant parfois au ras des cocotiers, dans un bruit de tonnerre et de rage. Combien de temps Flint pourra-t-il tenir encore, à occuper la piste d'atterrissage comme on défend une redoute ? probablement plus très longtemps, et alors les Corbeaux se jetteront à leur tour à l'assaut de cet homme qui me fait si courtoisement face... et si courtoisement hésite, pas vraiment convaincu.

... Si bien que je jette dans la balance mon ultime atout.

A Nauru, où l'argent ne manque pas, et ne manquera jamais, l'activité essentielle des Nauruans consiste à ne rien faire. Ce sont des Mélano-Polynésiens, au physique et dans l'esprit. Autrement dit des stakhanovistes du *dolce farniente*. En ce domaine, leur rendement est phénoménal. Au terme d'une grasse matinée sous les palmes, le Nauruan de base tourne un peu la tête pour regarder les Gilbertiens et les Chinois qui travaillent pour lui (et qui, à l'aide d'un petit train et de grands tapis roulants projetés pardessus la barrière de corail, chargent les cargos minéraliers). Ensuite, si cet exercice ne l'a pas trop fatigué, il va à la pêche. Il pêche... des oiseaux, des *noudies*, qu'il attire par de savants enregistrements sur des magnétophones portatifs, et qu'il attrape avec une épuisette. (Tout ceci est ABSOLUMENT

AUTHENTIQUE.) Petite sieste pour récupérer, suivie d'une baignade en piscine — le gouvernement nauruan a fait gratuitement creuser des piscines pour tous, l'eau du lagon étant polluée par cette saloperie de phosphate. Après quoi, dans la douceur des nuits nauruanes, notre homme s'adonne au sport national : les nœuds. On prend n'importe quel bout de ficelle et, grâce à des nœuds extravagants, follement compliqués, on obtient les plus surprenants et les plus gracieux dessins. Quand c'est fini, on défait et on recommence. Sans s'énerver.

Ce n'est pas le paradis, ça ?

A un détail près : Nauru n'a pas d'eau potable. Et pour s'en procurer, il faut la faire venir d'Australie ou de Nouvelle-Zélande, par bateaux-citernes...

Le Président me dévisage : « Une usine de dessalement de l'eau de mer ? Nous y avons pensé, mais la technique... — J'ai recruté le meilleur spécialiste du monde. — Je crois me souvenir que se posait aussi un problème d'énergie... — Elle sera solaire. » Silence. Puis : « Et qui paierait ? — Moi, si nécessaire. » Nouveau sourire présidentiel : « Je plaisantais, monsieur Cimballi. Nous n'avons pas racheté la compagnie des phosphates pour dépendre à nouveau de quelqu'un d'autre, surtout pour notre approvisionnement en eau. Nous avons les moyens de financer un tel projet, dans des limites raisonnables. — Elles le seront. — Et cette usine fonctionnera vraiment ? — Je m'y engagerai par contrat, prenant tous les frais à ma charge dans le cas contraire. » Nouveau silence. On n'entend plus l'avion rose dans le ciel. Et je sais ce que cela signifie : Flint a dû céder la position, le 747 s'est posé, les Corbeaux ne vont plus tarder, ils seront ici d'une seconde à l'autre.

— Où est ce technicien si extraordinaire, monsieur Cimballi ?

Je consulte ma montre :

— Il atterrira à Port-Moresby dans une heure et vingt-cinq minutes. A bord de l'un des deux avions-cargos qui transportent son matériel. Le reste de son équipement est parti hier, toujours par avion, de Melbourne. Un navire fait actuellement route de Rabaul à Port-Moresby, où il embarquera la totalité de l'usine de dessalement. Et l'amènera ici, si vous êtes d'accord.

Troisième silence. Je crois percevoir des bruits de voiture, puis de voix. Le Président :

— Et quel contrat draconien dois-je signer, en échange de ces efforts si remarquables de votre part ?

— Aucun contrat. Votre parole me suffira. Votre parole que vous ferez de votre mieux pour convaincre vos concitoyens de monter mes jouets.

Claquements de portières et à nouveau des bruits de voix, presque d'altercation, derrière la porte du petit bâtiment présidentiel. Le Président sourit :

— Vos concurrents qui arrivent ?

— Oui.

— Et je suppose qu'ils ont l'âme noire, tandis que la vôtre est blanche ?

— Immaculée.

Je lui rends son sourire. J'aime cet homme.

Il dit : « Vous avez ma parole. »

La porte s'ouvre et, derrière le personnel du palais présidentiel (UNE secrétaire), je découvre les Corbeaux.

Je défile majestueusement devant Heckl et Jaeckel et leur état-major. Leurs yeux seraient des pistolets, je serais déjà criblé de balles. Je leur fais un grand sourire assorti d'un clin d'œil et sors dans le soleil, Philip Vandenbergh sur mes talons. A Li et Liu, dehors, je dis : « Je crois qu'on a gagné le premier round. » Vandenbergh n'est pas d'accord : nous n'avons selon lui que la parole d'un homme, autant dire rien, en tout cas rien qui vaille un bon contrat.

— Ça, mon vieux, c'est votre affaire, lui dis-je.

... Il va s'en occuper, c'est convenu, en concertation avec Li et Liu qui resteront sur l'île. Pour moi, le temps presse, chaque minute compte, il me faut absolument prendre les Corbeaux de vitesse, garder sur eux cette longueur d'avance obtenue par notre atterrissage à Nauru (qui, je le vois à présent, les a bel et bien pris par surprise). Entre Nice et Port-Moresby, tandis que leur avion pistait le mien, j'ai tenté de me mettre à leur place, d'imaginer les plus immondes ripostes. Ai-je tout prévu ? Qui pourrait être aussi ignoble que les Corbeaux ?

Flint redécolle. Nauru s'éloigne et très vite disparaît dans l'immensité bleue. Nous volons à nouveau vers Port-Moresby.

Dov Heretz y arrive. C'est un Israélien qui, avec sa tignasse rousse et ses yeux, pourrait passer pour irlandais. Ce qu'il a fait d'ailleurs, sous un faux nom, quand il a construit pour les émirs du golfe Persique une usine de dessalement hors du commun. Le Turc m'a indiqué son nom, assorti d'un commentaire : « Ce type sait tout de la distillation de l'eau de mer, plus que n'importe qui au monde. » J'ai joint Heretz à Beersheba, en plein désert du Neguev, où depuis trente ans, il n'a pas peu contribué à la mise en valeur. Il a immédiatement accepté mes demandes, et le prix offert, s'est embarqué illico, avec son équipe et son matériel. Et il est là, à présent, dormant du sommeil du juste dans une chambre du *Rouna Falls Hotel* de Port-Moresby. Je l'éveille ; il sourit, avale trois ou quatre bières australiennes tandis que je lui décris la situation, qui pourrait devenir rapidement précaire du fait des Corbeaux. Il rit : à quinze ans, il posait des bombes sous les ordres de Menahem Beghin : « On embarque quand ?

— Demain, exactement dans quinze heures et vingt

minutes. Sur le *Tasmania Star*, capitaine Zacchary Hodiak.

« Excellent », dit-il. Il se recouche et se rendort sur-le-champ.

Je voudrais bien pouvoir en faire autant. La date : le 24 août, une heure zéro six du matin. La situation est la suivante :

Dans neuf jours, le 2 septembre, les deux premières livraisons d'Alicher à Samarcande seront à Karachi. En principe.

Ce même 2 septembre, Flint sera également à Karachi et assurera, appuyé par une équipe de l'Anglais, le réacheminement vers Nauru. En principe.

Dans l'intervalle, et toujours en principe, des tas de choses se seront passées : l'équipe d'ouvriers et d'ouvrières spécialisés que Hyatt est en train de recruter à Hong Kong (dans cette même usine qui m'a fabriqué mes premiers gadgets, quatre ans plus tôt), arrivera à Nauru pour former et encadrer les Nauruans et assurer elle-même les premiers assemblages urgents — sous réserve que lesdits Nauruans aient accepté d'ici là leur présence et aient aussi accepté de laisser tomber épuisettes et magnétophones pour se consacrer au Train-qui-pose-ses-rails-lui-même, au Walkman Sous-Marin et au Collier-Radar pour Greffiers Grisés par les Grands Espaces. L'objectif est de sortir au moins mille jouets de chacun de ces trois modèles AVANT le 14 septembre à midi heure locale (14 heures à Dallas). Il ne restera plus à Flint qu'à embarquer frénétiquement ces trois mille saloperies de jouets pour aller les parachuter sur le paillasson de Patti Hall, entourés d'une faveur rose. En tout état de cause, ce devront être des jouets montés par les Nauruans eux-mêmes, et non par les ouvriers de Hong Kong, sinon ma Texane pourrait prétendre que j'ai triché.

Je dois enfin mettre en place une liaison régulière, sûre et maritime (le transport aérien grèverait le prix de revient des jouets, à la longue) entre Nauru et San Francisco, où Li et Liu seront alors à même de procéder à la commercialisation.

Et toutes ces opérations — vraiment enfantines et pas compliquées du tout — devront être exécutées à la vitesse de la lumière (un peu plus vite si possible), avec des Corbeaux susceptibles d'intervenir à tout moment, n'importe où, sous n'importe quelle forme.

Téléphone de Jimmy Rosen au *Rouna Falls*. Il ne dit que le strict nécessaire :

— Franz, on est en place, tous les deux. Tout va bien. De ton côté ?

— Crevé, mais ça va.

— Tu nous rejoins quand ?

— Le temps nécessaire à compter de tout de suite.

Je raccroche. Je pense aux Corbeaux, je ne pense qu'à eux. Depuis que Marc m'a parlé de Nauru, j'ai tellement essayé de m'identifier à eux, pour tenter de prévoir leurs agissements malfaisants, que j'ai l'impression qu'il commence à me pousser des plumes...

... Et les pattes, et le bec, gentille alouette. Je délire, croulant de fatigue mais porté par l'exaltation, l'ivresse féroce et gaie de mes premiers mois dans l'aventure financière.

En ce 24 août, à vingt-deux jours de l'ultimatum fixé à la fois par Li et Liu et par Patti Hall, je n'ai sur les Corbeaux qu'un avantage et il est double : je les ai obligés à se battre sur mon terrain et j'ai connu ce terrain avant eux. Pour le reste, ils savent sans aucun doute mon accord de Samarcande, savent tout du transit de Karachi, et peut-être aussi du recrutement par Hyatt, à Hong Kong, d'une équipe d'ouvriers et d'ouvrières. Ils peuvent attaquer en chacun de ces points, voire sur tous à la fois.

Et encore attaquer ailleurs. Je ne sous-estime ni leur intelligence, ni leur efficacité : les raisonnements que j'ai alignés, ils peuvent tout aussi bien les conduire. Peut-être plus vite que moi, qui suis à peu près seul, alors qu'ils disposent d'un formidable état-major (dont je saurai par la suite qu'il était encore plus formidable que je ne l'avais craint).

Mais j'ai cette fameuse longueur d'avance, dans notre course-poursuite de fous. A moi de la garder. Serait-ce au prix d'une danse toujours plus zigzaguante et sauvage.

24 août, trois heures du matin. Notre avion redécolle de Moresby. Flint dort à côté de moi, épuisé, ayant enfin consenti à passer les commandes à son copilote, qui était au Vietnam avec lui. Nous survolons le détroit de Torres, la Grande Barrière, le golfe de Carpentarie. Je n'arrive pas à fermer l'œil, en dépit de mon épuisement.

Il y a un endroit où je crains, encore plus qu'ailleurs, une attaque des Corbeaux, et je ne perdrai pas une seconde pour tout faire afin de la prévenir.

Nous volons vers Sydney.

21

Jimmy Rosen et l'Anglais sont en Australie depuis l'avant-veille, le 22. Hier après-midi, ils se trouvaient à Canberra, la capitale. Bien qu'état souverain, Nauru (qui n'est pas membre des Nations Unies) n'y a qu'un petit bureau des affaires courantes, et c'est sa seule représentation à l'étranger. Rosen a rendu visite à l' « ambassadeur » nauruan, et il a de même rencontré une sommité de l'administration australienne :

— Pas de problème, Franz. En droit, c'est bien à Nauru et à son président de décider ce que veut Nauru. L'Australie souhaitait s'occuper des relations extérieures et de la défense de l'île, mais les Nauruans ont dit non.

Selon Jimmy, la chose est limpide : les iliens disent toujours non, quand on leur propose quelque chose qui les emmerde. Avec une belle énergie, ils refusent d'être manipulés par qui que ce soit. Il existe même une brouille entre l'Australie et Nauru : les Nauruans ont réclamé la remise en état des terres à phosphate épuisées. Cela aurait coûté deux cent quarante millions de dollars. Canberra a répondu : « Non, mais ça va pas, la tête ? », en termes diplomatiques. Je demande :

— Autrement dit, le gouvernement australien ne pourra pas intervenir dans *ma* guerre ?

— Aucun risque. Ni lui ni personne.

— Et financièrement ?

Le calme autour de nous est presque surnaturel, c'est un moment d'éternité, figé, sur lequel coule comme une eau fraîche et claire la voix de la cantatrice :

— Nuku ou Nura, vous avez vous-même une préférence ?

— En tant qu'électeur, oui. Pas en tant que président sortant.

... Et il n'interviendra pas dans la campagne, il ne s'en sent pas le droit, précisément parce qu'il sait de quel poids serait son ingérence. D'ailleurs, dit-il, Nuku ou Nura, les deux hommes se valent, bonnet blanc et blanc bonnet à la mode de Mélanésie.

— Monsieur le Président, quiconque se place si peu que ce soit entre les pattes des Corbeaux est tôt ou tard gagné par leur pourriture...

— Mais vous avez vous-même fait de Nauru un champ de bataille, monsieur Cimballi...

Que répondre à cela ? Et pan sur le bec, Cimballi Franz !

J'ai perdu. Grand coup de déprime, j'en pleurerais. Je demande :

— Est-ce que j'ai la moindre chance ?

Il me fixe. Je précise :

— D'attraper un noudie, est-ce que j'ai la moindre chance ?

— Très sincèrement ?

— Très sincèrement.

— Pas la moindre.

— Parce que je ne suis pas nauruan ?

Son regard intelligent est sur moi. Un temps.

— Je pourrais à la rigueur vous naturaliser, monsieur Cimballi. Mais ce n'est pas une affaire de passeport. D'état d'esprit, plutôt.

Il contemple son épuisette vide, en ombre chinoise sur un grand soleil jaune feu :

— Même moi, il m'arrive de rentrer bredouille.

Belle épitaphe à graver sur ma tombe.

Jimmy et l'Anglais sont venus me chercher à l'aéroport de Banksmeadow-Sydney, dont une piste s'allonge en bordure de Botany Bay. Il est sept heures et quelques du matin.

— Financièrement, c'est du pareil au même. Ce président qu'ils ont à Nauru a été diablement fûté : toutes les économies nauruanes sont soigneusement dispersées dans le monde...

— Hors d'atteinte des Corbeaux ?

— Hors d'atteinte. A supposer que les Corbeaux l'obtiennent, ce qui est douteux, un gel des avoirs nauruans n'aurait que peu d'effet.

— Le phosphate ?

Je suis même allé (toujours en me plaçant du point de vue des Corbeaux) jusqu'à imaginer un chantage, des pressions spéculatives sur le marché mondial du phosphate, la seule ressource de Nauru. En engageant des centaines de millions de dollars (tant qu'on y est !), les Corbeaux auraient peut-être pu faire chuter le cours du phosphate, puis aller dire au charmant président : « Flanquez Cimballi à la mer, sinon... »

— Ça ne tient pas debout, Franz. Nauru est le cinquième producteur mondial, après l'URSS, les USA, le Maroc et la Tunisie. Son phosphate est le plus pur du monde. Une opération à la baisse coûterait des milliards à tout le monde, et de toute façon, prendrait un temps fou. Laisse tomber.

Je mesure combien a été fantastiquement judicieux le choix de Nauru par Lavater. Nous roulons en voiture dans Sydney. La ville n'a rien pour tirer les larmes, pour ce que j'en vois. Il y pleut, ce qui me rappelle que nous sommes ici en plein hiver austral. Le site portuaire toutefois n'est pas mal, avec son espèce de ria bretonne, son célèbre pont et surtout son étonnant opéra, en forme d'artichaut éclaté, au beau milieu des docks.

Au tour de l'Anglais de me faire son rapport. Il s'est intéressé à tous les autres domaines dans lesquels les

Corbeaux pourraient intervenir, afin d'être en position de force à Nauru :

— Il y a bien sûr l'alimentation en eau potable. Mais vous ôtez cette arme à Heckl et Jaeckel, en faisant appel à votre spécialiste israélien. A condition qu'il tienne des promesses.

— Il les tiendra.

— Admettons. L'autre secteur dans lequel vos Corbeaux pourraient attaquer est celui des liaisons maritimes et aériennes. Ils peuvent organiser un blocus de Nauru, qui suffirait à flanquer la panique sur l'île, où l'on reçoit pratiquement tout du monde extérieur. Cela suffirait surtout à faire naître une certaine hostilité à l'encontre d'un dénommé Cimballi, coupable d'avoir attiré la foudre.

Dieu, que je suis fatigué ! Je n'ai pas dormi depuis quarante-quatre heures !

— Au plan aérien, vous pourrez toujours affréter des appareils auprès de la compagnie chinoise, comme prévu...

— Ça m'aurait finalement coûté moins cher de racheter Air France à l'Etat français.

— Dans le domaine maritime, c'est vrai que le danger est grand. Vous arrivez à temps. L'homme que nous allons voir a été contacté hier soir par un représentant des Corbeaux. Mais il n'a pas pu conclure, j'ai fait le nécessaire pour le retarder, comme vous me l'avez demandé. Il vous attend.

Ça va aller très vite. Physiquement, je n'aurais d'ailleurs pas tenu deux heures de plus. L'homme que je suis venu voir à Sydney s'appelle MacGovern. Il a soixante ans, une chevelure couleur de neige, des moustaches du même métal et de grands yeux bleus ahuris :

— Vous voulez m'acheter quoi ?

— Le *Tasmania Star*, qui en ce moment même est

presque en vue de Port-Moresby. Capitaine Zacchary Ephraïm Hodiak...

(J'ai failli ajouter : celui qui a une barbe noire, qui jure tout le temps et boit assez de whisky pour maintenir à flot son propre navire. Mais je confonds avec « Tintin et Milou ».)

... Et non, je ne plaisante pas, *dear mister* MacGovern, je ne plaisante pas du tout. Je suis à quatorze mille kilomètres de mon Saint-Tropez natal, j'ai de petits yeux qui se ferment, des chèques certifiés et ce que je tiens sous le bras est un dossier complet sur le *Tasmania Star,* son âge, ses capacités de bon vieux cargo roulier, sa valeur marchande...

— Je vous règle sur-le-champ, au prix estimé par la Lloyds plus dix pour cent. Deux millions quatre cent mille dollars. Rien ne presse, MacGovern : si vous me donnez votre réponse dans seulement dix minutes, je peux attendre jusque-là.

Il me dévisage, effaré. Il y a entre nous un quiproquo : il a été contacté la veille par un cabinet d'avocats de Sydney (qui en réalité agissait au nom des Corbeaux) et il croit que nous faisons équipe, ces avocats et moi. Je ne fais surtout rien pour le détromper, j'entretiens l'équivoque, car je ne tiens pas du tout à ce qu'il découvre que le *Tasmania Star* est en réalité l'enjeu d'une bataille — il serait capable d'en profiter pour faire monter les prix.

— MacGovern, nous avons tout prévu, y compris le cas où vous auriez pour ce navire un attachement sentimental. Relisez le contrat, vous y verrez que si vous le souhaitez, nous prenons l'engagement de vous revendre le *Tasmania* dans trois mois, au prix de la Lloyds. Les dix pour cent supplémentaires que nous vous payons représenteront votre bénéfice. Plus exactement un deuxième bénéfice : votre cargo ne vaut pas le prix de la Lloyds, et vous le savez.

Je lutte pour garder les yeux ouverts :

— Oui ou non, MacGovern ?

Oui. Retour à l'aéroport. Il pleut toujours sur Sydney, comme il pleuvait sur Caracas. « Décollage dans quarante minutes », m'annonce Flint qui a récupéré et repris les commandes. Ce sont les derniers mots intelligibles que je perçois. Je m'écroule sur le lit qu'on m'a préparé dans la cabine des premières classes de l'avion vide. Ultime pensée pour les avocats de Sydney : quand dans une heure ils vont se présenter chez MacGovern, lorsqu'ils découvriront que je les ai pris de vitesse, ils vont certainement se faire du souci, à l'idée de devoir annoncer la nouvelle à Heckl et Jaeckel !

Quand je rouvre les yeux, il fait un temps admirable, nous sommes à plus de quatre mille kilomètres de Sydney, nous entamons notre descente sur Nauru...

... Où m'attend la nouvelle de la grande offensive des Corbeaux.

La seule que je n'avais pas prévue.

A bord de l'avion, on a attendu la dernière minute pour m'éveiller. Je suis donc abruti de sommeil et le spectacle que j'ai sous les yeux a de quoi abasourdir : durant les quinze ou vingt heures pendant lesquelles je suis resté absent, le temps de mon aller et retour à Sydney, Nauru s'est transformée. J'avais quitté une île nonchalante, paisible, assoupie sous le soleil du Pacifique sud ; la seule activité véritable provenait des tapis roulants perchés sur des poutrelles et avançant jusqu'à deux cents mètres en pleine mer. Un tapis roulant fonctionne toujours, déversant du phosphate en vrac dans les soutes d'un minéralier. Le changement est ailleurs : dans les multiples banderoles tendues entre les palmiers, dans les drapeaux nauruans partout piquetés (le drapeau nauruan est bleu azur, barré de jaune, sous une étoile à douze branches représentant les douze tribus originelles de l'île.)

Il est encore, ce changement, dans la prolifération

démente des affiches électorales, vantant les mérites d'un certain Nura ou bien d'un dénommé Nuku. Je découvre des inscriptions en faveur de l'un ou de l'autre, à la chaux ou à la peinture, en travers de la piste même de l'aérodrome, sur les murs, sur les troncs des arbres... ou sur les seins volumineux et nus d'Ute Jenssen. Les tétons de ma Danoise géante sont peints de couleurs différentes : le droit est bleu et jaune, le gauche entièrement noir. Dans les deux cas, on a dessiné des yeux au-dessus de l'aréole, et une bouche au-dessous, le bouton figurant le nez. A droite, l'artiste a donné à la physionomie représentée une expression rieuse et amicale ; à gauche, ça ricane. En demi-cercle, couronnant les deux globes : « NURA, BRAVO ! » (à droite) et « NUKU, BEURK ! » (à gauche). Je demande :

— Et quand tu te baignes, ça s'en va ?

— Peinture à l'huile. J'en ai pour toute la campagne.

Elle fait bouger ses hanches et la frise colorée de petits Nauruans, main dans la main, dansant la ronde autour de son abdomen, se met gaiement à gigoter :

— Ça te plaît, Franzy ?

— Et sur les fesses, rien ?

— Vandenbergh n'a pas voulu.

A cinquante mètres de là, Papa Ute a ouvert un éventaire pour ses aspirateurs. Un calicot proclame : « REMISE DE QUINZE POUR CENT A TOUT ELECTEUR DE NURA ».

Je m'assois sur le pare-choc de la vieille Land Rover, accablé.

— Les élections présidentielles, dit Philip Vandenbergh. Le dossier de votre ami Lavater était en tout point remarquable, à un détail près : il a omis de vous signaler que vous alliez tomber ici en pleine campagne électorale. Celle-ci débute aujourd'hui, en fait.

Nauru a donc une constitution de type présidentiel, c'est une république et une vraie démocratie. Tous les citoyens âgés de vingt ans élisent tous les quatre ans une assemblée de dix-huit membres ayant pouvoir législatif, qui élit à son tour un cabinet de cinq membres. Ce cabinet tient lieu de sénat et choisit en son sein le Président, les quatre autres sénateurs devenant ministres. Je dis :

— Le Président que j'ai vu ne s'appelait ni Nura ni Nuku.

— Il ne se représente pas.

— Il aurait pu me le dire.

Vandenbergh dessine sur ses lèvres l'un de ces minces sourires sarcastiques que j'aime tant :

— Je ne crois pas que vous lui en ayez laissé le temps, c'est tout juste s'il a pu placer un mot. Voilà l'inconvénient de jouer les météores et de vouloir tout régler en quelques mots.

— Il m'a donné sa parole.

— Il la tiendra et il l'a tenue : il a signé le protocole d'accord que je lui ai présenté et signera de même le contrat entre Nauru d'une part, la société constituée par vos amis chinois et vous-même d'autre part. C'est un homme d'une qualité exceptionnelle. Il pourrait être de Boston, quoiqu'un peu basané.

Vandenbergh faisant de l'humour, la chose est neuve, on aura tout entendu. Sourire :

— Mais si c'est Nuku qui est élu en tant que nouveau président, comme tout le laisse prévoir, ces contrats signés par notre ami pourront très bien être annulés par d'autres. Rien dans la constitution nauruane ne fait obligation à un gouvernement de respecter les engagements de l'ancien sur de tels sujets.

Dans mon cerveau encore embrumé par le sommeil commencent à passer quelques lueurs d'intelligence ; voyons un peu : Nura, c'était le sein droit d'Ute, et donc le bon candidat, celui que je suis censé soutenir, tandis que Nuku était le sein gauche, ricanant.

— Les Corbeaux se sont acoquinés avec Nuku ?

Sourire à la Vandenbergh, troisième édition :

— Si surprenant que cela puisse paraître, vous avez compris.

— Vandenbergh ?

— Oui ?

— Je ne vous aime pas. Allez vous faire voir.

Quatrième édition du sourire :

— Au train où vont les choses, je n'aurai pas à prendre cette peine. On s'en chargera pour moi. Et pour vous, soit dit en passant. Dans dix jours, au soir des élections, nous nous retrouverons tous, vous, moi, votre amie danoise et son père, plus vos associés chinois, au fond d'une pirogue, abandonnés avec quelques noix de coco à dériver dans le Pacifique.

Je soutiens le regard de Vandenbergh. Je ne suis en aucune façon dupe de son agressivité à mon encontre, et de ses réflexions désagréables. Je l'ai dit : il y a de la complicité dans la haine que nous nous portons si ostensiblement. La vérité est qu'il n'aime pas perdre, peut-être encore moins que moi. Cette situation où nous sommes — et il joue dans la même équipe que moi, en dépit de son insolence — le met hors de lui. Il enrage.

Moi aussi.

Parce que — Vandenbergh le dit et Vandenbergh ne se trompe jamais — Nuku est le large favori de ces élections à venir, surtout avec l'aide massive que lui apporteront et lui apportent déjà les Corbeaux.

Le calcul est vite fait : dans dix jours, à l'heure où sonnera le glas électoral, à quelques heures près, Flint acheminera ici sur Nauru les pièces des jouets fabriqués à Samarcande.

Je pêche.

J'ai une épuisette à la main et je scrute le ciel. Du magnétophone à piles s'élève la voix de la Callas chantant Verdi. Le Pacifique lui-même écoute, calme et comme assoupi. La barrière de corail encerclant le lagon est à huit cents mètres derrière nous, Nauru un peu plus loin encore, si petite. Sous notre canot de plastique jaune et bleu, l'eau est d'une fabuleuse limpidité, on distingue les fonds où flânent de nonchalants requins. Je remarque :

— Et ces oiseaux que nous pêchons seraient attirés par la Callas ?

— Voilà qui me surprendrait considérablement, répond le futur ancien président. Mais j'aime la voix de cette femme. Quant aux noudies, ce qu'ils aiment ou n'aiment pas est leur problème, pas le mien.

Il me sourit. C'est vrai qu'il est basané, et même carrément canaque. Mais il est extraordinairement sympathique, il force le respect et l'estime. Que je sorte vainqueur ou vaincu de cette aventure de dingue, au moins aurai-je connu un homme qui valait le voyage. Je pourrai toujours m'en consoler quand je serai sur le ou plutôt les sables : celui, doré, de Pampelonne et l'autre, gris-noir, des ruines définitives.

— Merci de m'avoir invité à votre partie de pêche, dis-je.

— Vous vouliez me parler, de toute façon.

— Et vous savez de quoi.

Il acquiesce. Le paréo présidentiel est aux couleurs nationales, comme le canot. Je dis :

— Vous vous représenteriez à cette élection, vous l'emporteriez haut la main. Je parie même que personne ne se présenterait contre vous.

— Probablement.

— Mais vous n'allez pas vous représenter.

— Non. Tenez votre épuisette plus haut. Les noudies sont idiots, mais pas à ce point.

— ... Quoi que je dise ou fasse, vous ne changerez pas d'avis. Je me trompe ?

— J'ai fait mon temps.

Li et Liu. Les Li et Liu des mauvais jours, ceux de la colère et du ressentiment :

— Content de toi, Franz ?

— Ça va, j'ai déjà mon compte.

— Nous n'avons pas eu le nôtre, et nous ne l'aurons pas.

Ils en sifflent de rage, avec cette étonnante versatilité qui est leur marque, et aussi, sans doute, l'un de mes traits de caractère. Après tout, voici trois heures, j'étais porté par ce que j'appelle mon ivresse féroce et gaie, prêt à culbuter des montagnes ; à présent, mon humeur me pousserait de préférence à rechercher quelque coin sombre, pour m'y apitoyer sur moi-même. Que dire à Li et Liu ? Ils vont par ma faute perdre des sommes colossales, ils les ont déjà perdues, et ils n'en seront pas ruinés, bien sûr, mais ils vont désormais me frapper d'ostracisme. Je les connais : ils ont la rancune tenace, et ardente. Désemparé, je m'aperçois que c'est à cela, surtout, que je tenais le plus, bien plus qu'à l'argent et aux affaires que nous pouvions entreprendre ensemble : leur amitié. Je suis bel et bien en train de la perdre.

... Et leur souligner, par exemple, que le délai qu'ils m'ont accordé n'est pas encore parvenu à son terme, serait leur mentir, et me mentir à moi-même : je n'y crois plus.

Avec fureur, ils me décrivent tout ce que les Corbeaux, s'appuyant sur des masses d'argent énormes, ont fait et vont faire pour s'assurer la bienveillance à leur endroit du futur président : promesse d'un vrai port, d'une station de télévision, d'un institut d'études nauruanes, d'un autre institut océanographique, d'un hôtel somptueux pour touristes, de je ne sais quoi encore...

— Devant un tel déferlement de fric, où sont nos

chances, Franz ? Où sont tes idées géniales ? Que comptes-tu faire ?

Nous avons marché jusqu'à la piste. Flint s'y trouve, aux commandes, tout disposé à repartir. Les Corbeaux sont là aussi, souriants de leurs dents jaunes à me donner des envies de meurtres.

Je suis sur le point d'embarquer dans l'avion...

... Et je crois bien que c'est ce sourire triomphant d'Heck et Jaeckel qui m'a plus ou moins remis en selle, si peu que ce soit. Je dis à Flint :

— Tu m'attends. Je n'en ai que pour quelques minutes.

Le Président est dans sa maison de campagne : quatre poteaux et un toit de palmes. Il sieste. Je toque à un poteau, il ouvre les yeux :

— Encore vous ?

Je hoche la tête :

— Voilà, dis-je. J'ai réfléchi. Si je veux affronter les Corbeaux sur leur terrain, ils m'écrabouilleront, SCHMAKK ! Je vais combattre, cependant. Mais seulement pour les obliger à se déchaîner, ici, sur Nauru. Je veux qu'ils promettent le monde et les planètes à vos concitoyens, et si possible qu'ils les leur donnent. Votre île en retirera peut-être quelque bénéfice, quoique j'en serais surpris. Je vais faire semblant de combattre mais en réalité je vais parier. Sur vous. Je vais parier qu'à un moment ou à un autre, vous en aurez assez de tout ce cinéma et de tout ce fric. Et vous interviendrez.

Pas un mot. Il se taît, une curieuse lueur — en aucun cas identifiable — dans ses prunelles noires.

— Vous interviendrez et vous les plumerez, ces Corbeaux. A votre façon. Comme des noudies. Parce que je vous crois fichtrement plus malin que tous les Corbeaux et tous les Cimballi du monde. Et vous êtes chez vous, en plus. Aloha, monsieur le Président.

Il n'a toujours pas desserré les dents. Il ne bronche absolument pas, l'air rêveur. Je m'en vais. Un peu plus loin, je me retourne : il a refermé les yeux, et semble s'être rendormi, bercé par le mol balancement de son hamac.

Aloha.

22

Changement à vue, inouï; au point que sur le moment, je crois à une blague idiote que Hyatt m'aurait faite.

Le fait est pourtant là : devant moi, barbe noire et nez rubicond, sourcils épais et furibards, casquette et vareuse bleu marine, sorti tout droit d'un dessin d'Hergé, voici Haddock-Hodiak, capitaine du *Tasmania Star*. Je lui demande :

— Voudriez-vous me faire un plaisir extrême ?

— Ça dépend quoi.

— Vous criez d'une voix très forte, en belge : « Mille Sabords ! » et « Bande de Bachi-Bouzouks ! »

Le capitaine me regarde, puis regarde Marc Lavater. Interroge ce dernier : « Il est toujours comme ça ou c'est juste le soleil des tropiques ?

— Ordinairement, il est pire, répond Marc. Je le trouve même un peu faiblard, ces temps-ci. Franz, tu as vraiment achete son bateau ?

Je sors les documents signés à Sydney par MacGovern et dis à Hodiak :

— Très heureux de vous avoir comme capitaine.

Il hausse des sourcils hargneux :

— Vous ne m'avez pas. Faudrait encore que je veuille de vous comme armateur.

— Et je vous plais ?

Il boit un grand coup de whisky, ferme à demi les yeux, m'examine : « Vous buvez ?

— Très peu. Pour ainsi dire pas.

— Tant mieux, dit-il. J'ai horreur des armateurs qui boivent. Très mauvais exemple pour l'équipage. Et à propos d'équipage, le mien est parti il y a deux heures, jusqu'au dernier.

— Parti où ?

— Sur un autre bateau, où on lui a offert double solde. Des types rôdent sur les quais, engageant à prix d'or tout ce qui est capable de monter sur un navire.

Comme à chaque fois, la stupéfiante rapidité de la riposte des Corbeaux me sidère. Ils n'ont pas perdu de temps pour réagir, après que je les eus coiffés sur le poteau à Sydney. Et où trouver maintenant d'autres marins, dans un coin perdu comme la Nouvelle-Guinée ?

Haddock-Hodiak lève simultanément le coude et un sourcil surpris :

— D'où vient cette idée que j'aie besoin d'un autre équipage ? J'ai le mien. Il est parti mais il est revenu. Ce sont des Canaco-Papous et mon bosco est le meilleur jeteur de sort de tout le Pacifique. Terrorisés, les mecs. Ils ont rappliqué comme la foudre.

Nouvelle rasade.

— Tout est à bord, ces machines apportées par votre copain israélien, les hommes de l'Israélien et l'Israélien lui-même. On est paré à la manœuvre. On part quand vous voulez.

... Quant à une éventuelle tentative qui pourrait être faite contre lui, entre son départ de Moresby et son arrivée à Nauru, il éclate d'un rire tonitruant : pendant la guerre du Pacifique, il commandait un petit caboteur, sur lequel il a joué à cache-cache avec les Japs, dans la mer de Corail et du côté des Salomons. Et il craindrait des Corbeaux ?

25 août — sept heures du matin. Le *Tasmania Star* a levé l'ancre depuis quatre heures, avec à son bord une

usine complète de distillation d'eau de mer, y compris les techniciens capables de la monter et de la mettre en service.

... Aujourd'hui encore, je me revois à Port-Moresby, dans ce petit port coincé entre des sommets pelés, derrière lesquels se dresse un enfer vert qui n'est pas loin de valoir celui d'Amazonie, avec les crêtes de l'Owen Stanley Range passant quatre mille mètres. Je suis au bout du monde et presque au bout du chemin, j'ai le sentiment très fort et angoissant de quelque chose qui s'achève, sans que j'en connaisse encore l'issue. Je croise dans les rues des chercheurs d'or coiffés de leur amusant chapeau australien, relevé d'un seul côté, des Papous éberlués, portant je ne sais trop quel os dans leurs narines et des toques quasi lapones, descendus d'un même pas de leurs hauts plateaux et de l'âge de pierre, en arrêt ahuri devant une photo de la Riviéra Française — VISITEZ MONTE-CARLO — décorant la vitrine de l'ANSETT, la petite compagnie aérienne papoue.

Marc Lavater est à mes côtés. Il a insisté pour venir jusqu'ici. Par goût des voyages, parce qu'il est inquiet de moi, parce qu'il m'a deviné abattu, presque vaincu et résigné, flageolant sur mes jambes, plus encore au moral qu'au physique. Parce qu'en homme d'expérience, il pense venu le moment de mettre un terme à toutes ces extravagances. Il n'a pas tort. Moi-même, j'en ai assez. Que puis-je faire de plus que je n'aie déjà fait ? Déjà persuadé de ma déroute, je n'en continue pas moins de faire comme si... mécaniquement, presque stupidement. Je m'étais comparé à un boxeur qui encaisse, dans l'espoir de pouvoir frapper à son tour : eh bien, me voici sonné, ayant épuisé mon arsenal de coups ! Appelez-moi Rocky, s'il vous plaît.

Marc le sent (il sent toujours ces choses et il est mon ami) :

— Rosen est encore en Australie. Il se tient prêt à donner l'alerte au cas où Heckl et Jaeckel tenteraient quelque chose. Nauru a beau être indépendante, elle n'en est pas pour autant libre de la tutelle officieuse des Kangourous, qui pourraient s'accorder avec les Corbeaux sur quelque *combinazione*. Franz, un peu de nerfs, s'il te plaît. Je n'ai pas encore entendu le coup de gong final, que je sache. Le match n'est pas terminé.

Il continue, sachant très bien que je devine sa véritable intention : me réactiver. Jo Lupino vient de repartir pour Caracas, où il règle définitivement leur compte aux Schlomm Dégoulinants. Vandenbergh est toujours à Nauru, que cela lui plaise ou non. Je ne suis pas fâché qu'il s'emmerde un peu, celui-là...

— Quant à Paul Hazzard, je l'ai eu hier juste avant de monter dans l'avion. Franz, je t'en parlerai même si je dois m'asseoir sur ton ventre pour t'obliger à m'écouter ! Bon. La situation sur le front texan s'aggrave d'heure en heure. A l'évidence, la belle Patti s'amuse comme une petite folle. Après le coup du métro, elle a inventé de racheter tous les terrains jouxtant votre future tour. Elle ne vous refusera pas le droit d'accès — la loi lui fait obligation de vous l'accorder — mais vous, et surtout les futurs clients de votre hôtel, devrez vous livrer à un ahurissant gymkhana automobile. La voie d'accès qu'elle a dessinée comportera dans les soixante-quinze bifurcations et virages. Un labyrinthe à rendre fou. Ce n'est pas tout : elle va elle-même faire édifier une tour de vingt étages plus haute que la vôtre ; vous ne verrez pas souvent le soleil, Paul et toi... Allons, souris, Franz, tu t'es déjà trouvé dans des situations pareilles et tu n'en es pas mort. D'autant que Patti a encore imaginé autre chose : sa dernière trouvaille est un élevage de sconses — dix à douze mille de ces bestioles — qu'elle entreprendra juste à côté de l'endroit où vos architectes et ceux de Kapicki avaient prévu le plus grand des restaurants. Elle a de l'humour, cette petite. Mais le tien, d'humour, où est-il passé ?

— Mort au champ d'honneur, dis-je sombrement.

— Tu n'as pas annoncé à Li et Liu que tu avais une idée mirifique, s'agissant justement de régler l'affaire de Dallas ?

— Je l'ai annoncé.

— Tu ne m'as rien dit de cette idée. Elle tient toujours ?

— Je n'en sais fichtre rien.

Nous déambulons dans le marché de Moresby, pas très loin du port de pêche : ignames et taros, farine de sagou, patates douces... et des fruits admirables.

— Tu vas retourner à Nauru ? demande Marc.

— Pas pour l'instant.

Un temps. Nous marchons encore. Il pleut très doucement, un peu tristement. Marc :

— En somme, tout va dépendre de l'attitude de ton futur ex-président...

Oui, tout va en dépendre. Et si je me suis trompé sur le compte du vieil homme amoureux de la Callas...

— Marc, j'ai joué ma seule véritable carte, face à la surpuissance financière de Patti Hall : le bon sens d'un vieux bonhomme pour qui, quoi qu'il décide de faire, j'ai et j'aurai toujours de l'amitié et du respect...

L'extraordinaire, précisément, est que je sois parvenu à réduire mon affrontement planétaire avec la Texane à la seule décision d'un Nauruan. Rien que cela a déjà été une fantastique victoire : coincer les Corbeaux sur cet atoll...

Marc me sourit amicalement :

— Je me trompe ou bien tu es en train de reprendre du poil de la bête ?

Je lui rends son sourire : il ne se trompe pas, le coup de gong final n'a pas encore retenti, après tout.

— Merci, Marc.

— Sois tranquille : je te compterai ça dans mes honoraires.

(Je ne lui paie pas d'honoraires, en réalité : il perçoit un pourcentage sur toutes les affaires que je fais; nous sommes presque associés, en quelque sorte.)

Une jeune fille nous propose en souriant une quinzaine de cages enfermant des cacatoès, voire un casoar, et surtout une multitude bariolée et chatoyante de merveilleux oiseaux de paradis. D'abord, je dis non, retournant le sourire; puis je dis oui, j'achète tout le lot, à condition qu'elle rende la liberté à tous les prisonniers — j'ai horreur des oiseaux en cage.

— Et maintenant, Franz?

Mon pas redevient vif, comme dansant :

— Maintenant, la dernière étape...

Car il est clair que l'aventure court à présent à son terme.

Et il ne me reste plus guère qu'à aller où tout a commencé et où tout doit donc logiquement finir...

Dallas.

Trois pièces, c'est l'appartement tout entier. Il est situé à la frange des quartiers pauvres de Dallas... Immeuble décrépit... Notre entrée dans cet immeuble, l'Anglais et moi... Notre entrée encore dans l'appartement lui-même, notre reptation dans une atmosphère empuantie, pestilentielle, à vomir au milieu de l'effarant capharnaüm entassé au terme d'une invraisemblable rapine...

Ici prend place la scène que j'ai placée tout au début de mon récit.

L'Anglais s'est ouvert une route jusqu'aux deux lits d'Heckl et Jaeckel; de ses mains gantées, il a dégagé une portion de mur, y a punaisé une photographie représentant les Corbeaux au cours de l'une de leurs « missions », quand ils travaillaient peut-être pour un Bohlen Hall, quelque part en Amérique Centrale : on les voit tous les deux, évidemment vêtus de noir, impassibles et inquiétants, contemplant des militaires casqués en train d'exécuter de balles dans la nuque des hommes, des femmes et même deux enfants dont une fillette d'environ six ans. Tout à côté de la photographie, l'Anglais a également apposé une note dactylographiée : « *DOSSIER CORBEAUX — Pièce N° Un — Nous avons les autres.* »

Après quoi, secoués par des spasmes de dégoût, nous avons fichu le camp au plus vite du nid écœurant...

Quarante minutes plus tard, à une table du restaurant *Old Warsaw,* sur Marple Avenue, l'Anglais me parle du dossier que, suite à ma demande, il a depuis cinquante jours constitué sur les Corbeaux. Il n'a guère que cette photo, dit-il, plus à la rigueur quelques témoignages. Je remarque : « Ils vont certainement penser que nous les bluffons... »

L'Anglais rit doucement :

— Ils le penseront sans aucun doute. Mais ils n'en seront pas sûrs. Et ils ne sont pas hommes à prendre des risques personnels ; ils ont passé toute leur vie dans l'anonymat, l'ombre et le silence : ce coup de flash va les secouer, les choquer au sens propre. En outre, ils connaissent leur propre passé ; vingt-cinq ans de saloperie dans le monde, cela laisse des traces ; ils le savent — sans savoir ce que nous savons. Non, croyez-moi, ils vont céder. Quitte à se replacer un jour sur votre route, plus tard...

— Et quand apprendront-ils notre visite d'aujourd'hui ?

A nouveau, le petit rire faussement idiot :

— Ils sont sans aucun doute déjà au courant. Auriez-vous oublié que leurs hommes suivent les miens et vous suivent ? Dans les heures à venir, immanquablement, ils accourront à Dallas, fous de rage à l'idée qu'on a violé l'intimité de leur nid puant. Et alors ils verront la photo...

Depuis ce fatidique 1er juillet où j'ai fait « Beuleu-beuleu-beuleu » à Patti Hall, j'ai subi quatre attaques principales. Trois sont incontestablement venues des Corbeaux : celle sur les jouets, celle en matière financière, celle enfin qui m'a fait élire « *Macho Of The Year* ». La quatrième offensive a eu Dallas même pour théâtre, et j'ai la quasi-certitude qu'exceptionnellement Heckl et Jaeckel n'y sont pour rien : c'est Patti Hall en personne qui a fait la folle.

Je crois savoir pourquoi.

Il est tout à fait vrai que j'ai annoncé à Li et Liu que j'avais, sur ce point, une idée susceptible de tout résoudre. Marc Lavater me l'a rappelé, craignant non pas que je l'aie oublié, mais que je ne me laisse un peu trop aller à ma déprime.

Eh bien, le moment est venu d'essayer de la mettre en pratique...

Paul Hazzard titube. On dirait un séquoïa frappé par la foudre. Il roule des yeux égarés, son visage est blême d'épouvante :

— Tu veux que je fasse QUOI ?

— Paul, réfléchis. Pas besoin d'être psychiatre pour comprendre. Tu me l'as dit toi-même : cela fait vingt-trois ans qu'elle te martyrise, avec une extravagante obstination. Qui a loué pour elle toute seule le plus grand stade couvert du monde et ses cent cinquante mille places, l'Astrodrome de Houston, à seule fin de te voir jouer, toi ? Tu es son idole, ça ne fait pas un pli, ça crève les yeux. Qui t'a persécuté toute ta vie, et la sienne, sans un instant de relâche ? Qui t'a fracassé cinquante fois le crâne ? T'as fait tomber de cheval et dans les escaliers ? T'as mordu et griffé jour après jour ? N'a pas cessé une minute de rechercher tous les moyens de te mettre en rogne ? Tiens, prenons cette affaire immobilière de Dallas, ici même : je n'y suis même pas, en tout cas pas vraiment, j'ai juste mis un peu d'argent, c'est toi qui t'en occupes seul. Or, qui fait la folle, une fois encore ? Avec la même technique employée pendant vingt-trois ans ?

Silence.

— Patti Hall, dis-je. Elle est folle amoureuse de toi, le doute n'est plus permis. Et dès lors que tu l'as supportée pendant vingt-trois ans, la seconde conclusion est claire : tu l'aimes aussi.

Silence extraordinairement pesant. Il finit par dire, d'une voix mourante :

— Je préférerais tout me couper et prendre pension en Grèce, dans ce monastère du Mont d'Artagnan.

— Le Mont Athos, tu te trompes de mousquetaire. Il répète « non, non et non » sur tous les tons de la gamme, environ cent vingt-deux fois consécutives. Et moi je parle. Je lui représente qu'il aime Patti Hall à la folie, sans s'en douter, depuis qu'ils ont eu quatre ou cinq ans. J'argue de ce qu'ils sont tous les deux texans, ayant eu l'un et l'autre des ancêtres à Alamo. Je fais valoir que si elle a six milliards de dollars, il n'est tout de même pas un coureur de dot — même quand il se prétend ruiné, il est dans une situation financière que lui envieraient quatre bons milliards d'autres types. Je note que leurs deux familles sont liées depuis toujours, avant que le Texas ait rejoint l'Union. Je remarque que Patti et lui appartiennent à la même aristocratie texane (sic). Je souligne que c'est la seule façon de déboucher sur un armistice, et de mettre fin à la guerre. J'insinue qu'en fin de compte, si Patti m'a ainsi sauté à la gorge, moi le gentil, jeune et petit Cimballi, c'est peut-être bien parce qu'au soir du 1er juillet, je me trouvais justement en sa compagnie à lui, si bien qu'il serait le seul vrai responsable de tout...

... Et je dis encore que non, il n'est pas une jeune vierge que j'envoie à Patti comme rançon pour la convaincre de lever son siège. Je dis aussi que quand on mesure deux mètres cinq et qu'on pèse cent vingt kilos, ça ne doit pas être si difficile de prendre en main cinquante et quelques kilos de chair rose — dotée de surcroît des plus jolis yeux violets du monde — et de porter le tout chez un juge, en vue d'un mariage illico subito presto. Quitte à arracher un consentement au demeurant probable par une fessée de derrière les fagots, qui nous vengerait tous les deux.

Tout ceci se passe le 27 août et l'aventure dès lors est presque terminée...

... Car cinq jours plus tard, Philip Vandenbergh m'appelle et, de sa voix imperturbablement glacée malgré la touffeur des tropiques, il m'apprend qu'il y a du nouveau à Nauru.

23

Le canot de plastique jaune et bleu avec son petit moteur hors-bord. Le récif de corail resplendissant à marée basse. Un soleil de plomb. Le Pacifique, qui n'a jamais été si calme, et qui a l'exacte couleur des yeux de Patti Hazzard anciennement Hall. Le paréo à douze étoiles du nouvel ex-président. Plus la voix de Maria Callas chantant l'Air de la Folie de *Lucie de Lammermoor,* de mon camarade Donizetti.

Le silence. Puis :

— Sublime, n'est-ce pas ?

— Vous n'êtes pas mal non plus, dis-je.

Comment s'y est-il pris, je l'ignore, et ne le saurai probablement jamais. Je ne sais qu'une chose : si Nuku (sein gauche et ricanant d'Ute Jenssen) a bien été élu, si nous — c'est-à-dire Li, Liu, Ute, Papa Ute, Vandenbergh et moi — avons pris une sacrée veste électorale, le premier soin du nouveau président a été d'obtenir un vote en règle de son assemblée, par lequel toute construction, toute implantation nouvelle sur Nauru, quelle qu'en soit la destination, sera désormais soumise à un référendum, à la mode helvétique.

Une heure plus tard, un premier référendum a été organisé. Les 1 644 électeurs nauruans avaient à répondre à deux questions : « *Acceptez-vous l'installation d'une usine de montage de jouets ?* » et « *Souhaitez-vous d'autres usines, commerces ou implantations diverses, outre la précédente ?* » Taux de participation :

100 %. Suffrages exprimés : 1 644. Bulletins nuls : zéro. Réponses : « *Oui* » à la première question, « *Non-des clous* » à la seconde.

— Je n'ai rien fait, dit le vieil homme en regardant la mer.

Il remet le moteur en route. Nous revenons vers la barrière coralienne, bredouilles quant à la pêche aux noudies.

— Je n'ai rien fait mais j'aurais fait moins encore si vous n'aviez pas compris à temps que les seuls à savoir ce qu'il faut aux Nauruans sont les Nauruans eux-mêmes. Si cela se trouve, vous avez même compris...

Il n'achève pas sa phrase, me sourit. Nauru est merveilleusement belle, d'où nous sommes, et elle est unique et solitaire, tête d'épingle dans un océan.

— Il y a quelques années, monsieur Cimballi, on nous avait offert d'émigrer. On nous aurait installés dans une autre île, paradisiaque paraît-il. Sans phosphate, mais avec une rivière claire. Nous gênions l'exploitation du gisement. Nous avons refusé, à l'unanimité. Revenez à Nauru chaque fois que vous en aurez envie, vous y serez toujours le bienvenu. Et peut-être finirons-nous par pêcher un oiseau ensemble.

J'ai été le témoin du mariage de Paul et de Patti. Le même magazine qui m'avait élu « *Macho Of The Year* » a consacré trente-six pages à l'événement, soulignant dans un encadré que, contrairement à des allégations antérieures, je n'étais pas à jeter tout de suite et que, vu de loin, la nuit et dans le brouillard, on pouvait finalement me trouver sympathique. L'agence de relations publiques a fait le reste.

Je suis monté sur la locomotive *Jupiter 60*. Mick O'Shaughnessy nous a même permis de la conduire, mes gosses et moi. Nous avons fait le tour du ranch des Hall. Ça nous a pris deux jours à peine.

En signe d'amitié éternelle — qui durera peut-être, on ne fraye pas sans inconvénients avec six milliards de dollars — j'ai proposé à Patti Hall de lui revendre au juste prix (augmenté de mes dépenses personnelles) la moitié de mes parts dans l'affaire des jouets. Elle a dit oui... Et elle-même a revendu cinquante pour cent de ce que je venais de lui céder à son mari (ils ne font pas bourse commune). Cette garce trouvant d'ailleurs le moyen de gagner de l'argent dans la transaction. Tête de Paul : « Tu peux m'expliquer comment moi, pétrolier texan, je me retrouve à fabriquer un imbécile de train-qui-pose-ses-rails-lui-même ? » J'ai gardé un silence prudent ; je suis pour la paix des ménages.

Je n'ai pas revu les Corbeaux, à ce jour. Peut-être, comme m'en a prévenu l'Anglais, surgiront-ils à nouveau sur ma route. Ils sont quelque part dans l'ombre, à claquer haineusement du bec, ou bien ils grignotent silencieusement ma porte de leurs griffus ongles en deuil. Je sais simplement qu'ils ont cessé le combat, très brutalement, le 29 août, jour où Paul a jeté, au figuré, Patti en travers de son cheval. En une nuit, ils ont retiré leurs troupes du front. De tous les fronts, y compris celui de la Finance : banquiers et courtiers me l'ont discrètement fait comprendre, ils me trouvent à nouveau sympathique.

A Caracas, les Schlomm Dégoulinants ont craqué, d'un coup ; ils se sont retirés des affaires, abandonnant leur usine à Carlos Santisteban Perez et à ses voisins des ranchitos de la Guaira.

Les jouets transitent normalement par le Transsibérien, de Samarcande à Vladivostock, puis de Vladivostock à Nauru, et de Nauru enfin à San Francisco, le plus souvent sur le cargo du capitaine Zacchary Ephraïm Hodiak-Haddock. En attendant le jour proche où nous changerons de fabricant.

La tour de Dallas enfin a pu être construite et livrée dans les temps. La société hôtelière va s'y installer et il ne sera pas besoin d'une carte routière, de chiens policiers, voire de guides assermentés pour accéder à l'entrée principale. Quant aux douze mille sconses de Patti Hall aujourd'hui Hazzard, ils sont restés dans la nature.

N'envoyez jamais de sconses à une Texane, ça l'énerve.

Pour moi, j'en suis encore à me demander si je n'ai pas rêvé. Entre le 1er juillet et le 20 septembre, j'ai couvert deux cent cinquante-trois mille kilomètres en aéroplane, en hydravion, en hélicoptère et en locomotive.

J'ai fait le compte.

J'ai également fait mes petits calculs ordinaires (qui bien entendu se révèlent toujours, à l'usage, parfaitement faux, mais je ne me décourage pas). En principe donc, les sommes complètement folles que j'ai dépensées en deux mois et demi seront couvertes intégralement dans sept ans, neuf mois, onze jours, dix-neuf heures et vingt-trois minutes, grâce aux bénéfices que je retirerai de l'affaire des jouets et de l'opération immobilière de Dallas.

Autrement dit, j'aurais fait une fortune colossale rien qu'en restant à bronzer sur la plage de Pampelonne ou en rêvassant dans un hamac du jardin de mon irremplaçable *Capilla* à lire *Le Meilleur*.

Et justement, j'y suis, à Pampelonne, en ce jeudi 23 septembre. Les vacances s'achèvent, on rentre de toutes parts. Comme toujours à pareille époque, Saint-Tropez se vide, et me revient presque à moi seul, tropézien autochtone. Comme vous revient une femme infidèle, mais prête à tout pour se faire pardonner.

C'est plus beau que jamais, Saint-Tropez.

Et c'est calme.

Je suis sur le ventre, bras en croix, écroulé au terme de mon marathon planétaire, une joue sur le sein bronzé de Sarah Kyle. Marc-Andréa mon fils et Heidi sa sœur adoptive gambadent quelque part dans les environs proches.

Ils arrivent, Belmondo et Hallyday. Ils me contemplent avec amertume. Ils disent :

— Et voilà. Toujours les mêmes. Nous les artistes, on s'est tués dans des tournées épuisantes. Et pendant ce temps-là, Monsieur siestait, paisible et nonchalant.

Je réussis à ouvrir un œil :

— L'avantage d'être un financier, mes amis, dis-je. On n'a rien à faire !

Achevé d'imprimer en août 1984
sur presse CAMERON
dans les ateliers de la S.E.P.C.
à Saint-Amand-Montrond (Cher)

N° d'Édition : 9066. N° d'Impression : 1227-879.
49.19.0120.01
ISBN 2-86391-119-8
Imprimé en France